ESSAI

SUR

LORD BYRON.

IMPRIMERIE ET FONDERIE DE G. DOYEN,
Rue Saint-Jacques, N. 38.

ESSAY

SUR LE GÉNIE ET LE CARACTÈRE

DE

LORD BYRON

PAR AMÉDÉE PICHOT.

PARIS,

LIBRAIRIE DE L. BLANCHE FRÈRES, ÉDIT.

M DCCCXXXII

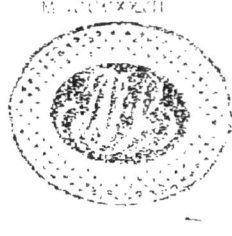

ESSAI

SUR LA VIE, LE CARACTÈRE ET LE GÉNIE

DE LORD BYRON,

PAR AMÉDÉE PICHOT. D. M.

« Il sut donner un charme à la démence ;
« De son style brûlant les célestes couleurs
« Sur le crime lui-même ont fait verser des pleurs, etc. »
(CHILDE-HAROLD, stance sur J. J. ROUSSEAU.)

IMPRIMERIE ET FONDERIE DE G. DOYEN
Rue Saint-Jacques, N. 38.

ESSAI

SUR LA VIE, LE CARACTÈRE ET LE GÉNIE

DE LORD BYRON.

PREMIÈRE PARTIE.

DEPUIS LA NAISSANCE DE LORD BYRON JUSQU'A SON DÉPART POUR LA GRÈCE [1].

Si nous n'avions à juger la poésie de lord Byron que d'après les simples règles littéraires, notre tâche nous paraîtrait moins délicate. Sans s'effrayer du grand nom soumis à son examen, la critique, par qui la cause du goût ne doit jamais être désertée, ferait la part des défauts qui appartiennent à la

---

[1] La première partie de cet essai a paru pour la première fois en 1823 ; nous l'avons seulement revue, corrigée et complétée, en y intercalant quelques faits et jugements nouveaux.

jeunesse de l'auteur, à ses négligences, aux
écarts d'une imagination sans frein, aux contradictions et aux vices de ses systèmes ; avec
la même franchise elle louerait cette profonde
énergie qui anime tout ce qu'elle touche, ce
pouvoir de créer des combinaisons nouvelles
et d'éveiller des émotions jusqu'alors incon-
nues ; ce style rapide et brûlant, riche d'images, plus riche de pensées, enfin cette audace
d'un génie indépendant, qui, sûr de lui-
même, ne suit de règles que par caprice, dédaigne de rien emprunter aux autres, et
réunit tous les caractères de la véritable inspiration.

Mais au nom de lord Byron s'élève une
question plus grave que celle de l'art : celle
de la tendance morale de ses écrits et du danger de leur influence. Le noble lord n'est-il
qu'un de ces fils harmonieux de la fiction que
le disciple sévère de Socrate eût bannis de sa
république avec des fleurs et des parfums ? ou
faut-il même le considérer comme un ennemi
déclaré des lois sociales outragées par ses
vers, et le proscrire en prononçant contre lui
anathême ? De terribles accusations pèsent sur
cette noble muse dans la patrie qui s'honore
de ses lauriers. Nous ne craindrons pas de les
reproduire, mais nous n'oublierons pas que le
malheur et l'exil ont des droits sacrés : nous

tâcherons de démasquer la calomnie spécieu-
se, et, sans atténuer les torts d'un cœur aigri
et d'une fierté blessée, nous en rejetterons
quelquefois avec justice la cause sur des persécutions perfides. Tels étaient déjà nos sentiments pour Byron, quand Byron vivait
encore. En terminant cet essai sur son caractère et son génie, nous espérions reprendre un jour la plume pour analyser quelque
nouveau chef-d'œuvre qui eût daté de l'affranchissement de la Grèce, et pour célébrer
son poète couronné d'un double laurier. « Le
passé est tout ce qui nous reste de Byron; »
nous n'avons plus qu'à lui offrir le tribut de
notre deuil, en déplorant la fatalité qui a voulu
que son tombeau fût le premier monument de
la régénération des Hellènes. Mort pour la liberté grecque, et sous la bannière de la croix,
nous aimons à croire, avec sir Walter-Scott,
que lord Byron a, par le sacrifice de ses jours
dans cette sainte croisade, expié les erreurs
de sa jeunesse orageuse.

Privé de ses propres défenses, Byron mérite
de la critique plus d'indulgence sans doute;
associé à la destinée de la Grèce chrétienne,
son nom devient un nom presque sacré. Dans
l'examen de sa vie politique et littéraire, nous
aurons plus besoin que jamais d'écarter quelquefois le brillant reflet que sa nouvelle gloire

répand sur tout ce qui nous reste de lui.

Lord Byron a tellement identifié son caractère avec ses écrits, dont une grande partie est comme un miroir où se réfléchissent tous les mouvements de son ame, que le critique doit bien se pénétrer du sentiment de son impartialité avant de condamner dans ses jugements l'homme avec le poète. C'est aussi une pénible discussion que celle qui met au grand jour et les erreurs du génie et celles d'une vie privée; mais c'est lord Byron lui-même qui le premier a appelé le public dans la confidence de son existence domestique, de ses chagrins secrets, de ses ressentiments. « Jusqu'ici » comme l'avait dit Mme de Staël, « l'orgueil anglais s'était refusé à ce genre d'aveux « et de détails, à ces écrits de soi faits par « soi-même, qui ont multiplié en France les « mémoires particuliers, et auxquels se rapportent les confessions de Jean-Jacques « Rousseau[1]; » il était réservé à un noble lord, comblé des dons de la fortune et de la naissance, et entouré de tous les éléments apparents du bonheur, d'offrir une exception à la vérité de cette remarque, et de forcer ses admirateurs à lui accorder une sorte de pitié respectueuse.

[1] De la Littérature dans ses rapports, etc.

Le caractère de la poésie de lord Byron ne s'éloigne pas moins de l'esprit de la poésie anglaise, en général, par le choix de ses sujets, par le mépris et l'ironie amère qu'il verse si souvent sur tout ce qui fait la gloire de sa patrie, ses institutions et ses triomphes. Il affecte de renoncer à cette *nationalité*, qui est le trait principal de tous ceux que les lettres ont illustrés dans la Grande-Bretagne. Son style même, si varié et si remarquable par un mélange d'âpreté sauvage et de grâce, de négligence et de précision, ne se rattache à aucun modèle classique de sa terre natale : on compare plus souvent son énergie à l'énergie du Dante qu'à celle de Milton ou de Young, et sa facilité élégante à celle du Pulci [1] qu'à celle de Pope et de Prior. Quelquefois ce style, exagéré comme sa pensée, a une couleur prononcée *d'orientalisme*, mais toujours il est vrai de dire que personne *n'est moins de son pays que lord Byron.*

Ce n'est pas que lord Byron ait prétendu, en oubliant son caractère d'Anglais, consacrer sa muse à des sujets d'un intérêt plus vaste, plus général. Il a voulu en quelque sorte affranchir son génie de toute influence humaine,

---

[1] Auteur du *Morgante maggiore*, dont lord Byron a depuis imité une partie du premier chant.

ne sympathiser avec aucune des joies et des
douleurs ordinaires de ses semblables, et contempler avec une sombre indifférence tous
les événements de la scène du monde. Dans sa
fière misanthropie il s'est écrié : « Je suis seul
comme le lion [1] ! » Tout au plus si quelquefois à l'aspect d'un mausolée ou d'une ruine,
s'enthousiasmant au souvenir d'une ancienne
renommée, il reconnaît la dignité de l'homme,
considéré comme une abstraction dans tout
un peuple effacé du globe, ou dans le héros
qui fut le représentant de ses vertus et de sa
gloire.

C'est ainsi que l'homme est tour à tour élevé
par lui à une perfection idéale et rabaissé au
niveau de la créature la plus vile. Mais vainement il a transporté dans ses vers tout le désordre de sa vie et de ses pensées; vainement
il s'est mis en opposition avec toutes les idées
reçues; jamais poète n'inspira plus d'intérêt;
ses ouvrages abondent de pensées, de sentiments, de passions qui appartiennent au
cœur de tous les hommes, quelque étrange
que la révélation nous en paraisse d'abord.
C'est pour nous comme la réminiscence d'un
rêve, ou la voix mystérieuse d'un autre monde.
Avouons aussi que tous ces transports de

[1] *Manfred.*

courroux, ces remords, ce désespoir que ne calme pas toujours l'aspect d'une nature belle et paisible, ne l'empêchent jamais d'en décrire avec charme les brillantes images, et que la voix imposante du poète prend un accent plus sublime quand elle s'adresse aux torrents écumeux, aux vagues de l'Océan, à la nuit des forêts. Ses fleurs, ses fleuves, ses montagnes, la solitude où il aime à rêver, ont une beauté, une vie qui leur est propre. Son expression a tour à tour le charme d'un ciel pur et la terreur de l'orage. Il s'empare de toutes nos émotions comme par violence, et les maîtrise par des impressions durables. Son individualité revient sans cesse s'offrir à nos pensées; son esprit, comme celui de Lara, nous porte le défi de l'oublier[1]...

Cette identité de l'homme et du poète, cette étude de l'ame d'un grand écrivain à travers le voile de la poésie et de la fiction, ont un intérêt bien au-dessus de celui qu'excitent les compositions ordinaires; et je ne sais quel charme sauve de la monotonie ce développement continuel du même caractère et des mêmes pensées.

Telle est la véritable source de l'ascendant

[1] *Vain was the struggle in that mental net His spirit seem'd to dare you to forget.*

qu'exercent sur les hommes qu'ils dédaignent et
qu'ils bravent, des écrivains tels que Rousseau
et Byron. Malheureusement le parallèle entre
ces deux peintres des passions s'efface de plus
en plus, depuis que, dans ses derniers écrits,
le barde anglais, naguère si éloquent et si grand
dans l'expression solennelle de sa mélancolie,
semblerait avoir voulu copier de préférence
la philosophie moqueuse de Voltaire, et détruire avec une amère raillerie l'illusion qu'il
avait produite lui-même. Nous n'avions pas
été du reste les premiers à faire ce rapprochement, et voici ce qu'en dit Byron lui-même;
au risque de réfuter d'avance quelques autres
parallèles de cet essai, nous aimons à citer ce
fragment de ses mémoires :

« Je pense depuis quelques jours aux diverses comparaisons bienveillantes ou mal-
veillantes que j'ai vu publier à mon sujet dans
divers journaux anglais ou étrangers. Cette
idée m'est venue, parce que le hasard m'a
mis dernièrement un de ces journaux sous les
yeux; car je me suis fait une règle de ne jamais
chercher aucun article de ce genre, mais de
n'en pas éviter la lecture quand le hasard me
l'offrirait. Pour commencer donc, je me suis
vu comparer personnellement ou par le fait,
depuis neuf années, en anglais, en français,
en *allemand* (que je ne lis qu'en traduction),

en italien et en portugais, à Rousseau, à Goëthe, à Young, à l'Arétin, à Timon d'Athènes,
à un vase d'albâtre avec une lumière intérieure, à Satan, à Shakspeare, à Bonaparte,
à Tibère, à Eschyle, à Sophocle, à Euripide,
à Arlequin, au *Clown* des pièces anglaises, à
Sternhold, à Hopkins[1]; à la phantasmagorie,
à Henri VIII, à Mirabeau, au jeune R. Dallas
(l'écolier), à Michel-Ange, à Raphaël, à un
petit-maître, à Diogène, à Childe Harold, à
Lara, au comte, dans Beppo, à Milton, à Pope,
à Dryden, à Burns, à Savage, à Chatterton,
à *j'ai souvent entendu parler de toi, milord
Byron* dans Shakspeare; à Churchill le poëte,
à Kean l'acteur, à Alfieri, etc., etc., etc. Ma
ressemblance avec Alfieri fut soutenue très-
sérieusement par un Italien qui l'avait connu
dans sa jeunesse. Cette ressemblance n'allait
pas plus loin, naturellement, que nos qualités
personnelles apparentes. L'Italien ne me l'a
pas dit à moi (car nous n'étions pas alors amis),
mais en société.

« Celui qui a été l'objet de tant de comparaisons contradictoires, doit différer probable-
ment en quelque chose de tous ceux à qui on

[1] Deux poètes obscurs qui ont traduit des *psaumes* en
vers. Byron a fait les mélodies imitées de l'hébreu.

A. P.

le compare. Mais quel est ce *quelque chose*, c'est ce que je ne sais trop, c'est ce que personne ne sait. Ma mère, avant que j'eusse vingt ans, prétendait que je ressemblais à Rousseau, et madame de Staël me le répétait aussi en 1813; la *Revue d'Édimbourg* a dit quelque chose d'approchant à propos de Childe-Harold. Je ne saurais voir aucun point de ressemblance entre Rousseau et moi. Rousseau écrivit en prose, moi j'écris en vers; il était du peuple, moi de l'aristocratie; — il était philosophe, je ne le suis pas; — il publia son premier ouvrage à quarante ans, moi le mien à dix-huit; — son premier essai lui attira des éloges universels, le mien tout le contraire; — il épousa sa *ménagère*, je n'ai pu faire *ménage* avec ma femme; — il croyait que tout le monde conspirait contre lui, on semble me croire en conspiration contre tout *mon petit monde*, si j'en juge par les injures auxquelles je suis en butte dans les journaux et les coteries; — il aimait la botanique, moi j'aime les fleurs, les racines et les arbres, mais je ne connais rien de leur classification; — il faisait de la musique, je ne puis guère en jouir que par l'oreille; je ne pus jamais rien apprendre par l'étude, pas même les langues, que je n'ai jamais sues que par routine et grâce à ma mémoire; j'en avais du moins une très-bonne (demandez à Hodgson le poète, excellent juge, car *il en avait* une étonnante).— Rousseau écrivit avec hésitation et avec soin, moi avec rapidité, rarement avec difficulté. — Il ne voulait ni nager ni monter à cheval, il n'était pas habile à l'escrime; je fus un excellent nageur, un assez bon cavalier, sinon un cavalier brillant, et j'étais assez fort à l'escrime, particulièrement avec l'épée écossaise, lorsque je pouvois me contenir, ce qui était difficile, quoique j'y fisse bien attention depuis que j'avais renversé par terre M. Purling qui se luxa la rotule dans les salles d'Angelo et de Jackson, en 1806, en s'exerçant avec moi. J'étais encore un joli joueur de paume, un des douze plus forts de l'école d'Harrow, quand nous défiâmes l'école d'Eton en 1805. D'ailleurs le genre de vie de Rousseau, son pays, ses mœurs, tout son caractère, étaient si différents des miens, que je ne saurais concevoir comment une telle comparaison a pu être répétée jusqu'à trois fois, et toujours d'une manière remarquable. — J'oubliais de dire que Rousseau avait la vue courte, et que jusqu'à ce jour mes yeux ont été si peu semblables aux siens, que, dans la plus grande salle de Bologne, je vis un jour des bustes et lus des inscriptions peintes près de la scène, du fond d'une loge si éloignée et si mal éclai-

2.

rée, qu'aucun de ceux qui y étaient avec moi, tous très-jeunes et quelques-uns doués de très-bons yeux, ne pouvant en déchiffrer une lettre, s'imaginaient qu'il y avait là-dessous quelque tricherie quoique ce fût la première fois que je visse cette salle. En somme, je me crois justifié de ne pas regarder la comparaison comme fondée. Je ne le dis pas par pique, car Rousseau est un grand homme, et si la chose était vraie elle ne pourrait que me flatter; mais je n'aime pas à me bercer de chimères. »

Dans cette réfutation on voit que le poète ne s'attache qu'aux différences extérieures entre Rousseau et lui, écartant la comparaison de son génie avec le sien.

En renonçant à un parallèle que lord Byron repousse lui-même, on peut du moins lui appliquer ce que Dussault dit de Jean-Jacques Rousseau : « lorsqu'il s'agit d'un homme entraîné par l'impatience de son génie hors de sa propre sphère, il ne convient pas d'apprécier un pareil homme d'après des mœurs domestiques, des liaisons particulières et des caprices momentanés... Ses inconséquences, ses aspérités, ses méprises involontaires, et la plupart des reproches qu'on lui a faits, tomberont dans l'oubli ou n'inspireront que de la pitié : ce qu'il eut de beau, de grand et de

sublime vivra dans la mémoire des hommes.»
Nous allons essayer de suivre dans sa carrière capricieuse cet homme extraordinaire, et
apprécier, autant que possible, la liaison qui
existe entre ses ouvrages et les autres évene-
ments de son existence.

Georges Gordon, lord Byron, naquit le 22
janvier 1788[1].

Ses ancêtres, originaires de Normandie,
combattirent sous les drapeaux de Guillaume
le Bâtard, pour la conquête de l'Angleterre,
et en partagèrent les dépouilles. Leur nom a
toujours figuré depuis dans les annales de la
chevalerie du moyen âge, et un John Byron
reçut l'ordre de la chevalerie de l'épée d'É-
douard III, sous les murs de Calais. L'agran-
dissement de cette famille date surtout du
règne de Henri III. Ce prince, lors de la dis-
solution des monastères, octroya à un autre
sir John Byron l'abbaye de Newstead[2], dans le
comté de Nottingham, qui a été jusqu'à ce
jour la résidence seigneuriale de ses descen-
dants, quoique ses ruines n'offrent plus qu'un
triste reste de son antique splendeur.

C'est à cet antique édifice que le poète a

----

[1] D'après son épitaphe, il naquit à Londres; d'après
M. Dallas, à Douvres.

[2] Newstead, *nouveau lieu, novus locus.*

consacré les premiers essais de sa muse, à l'âge de quinze ans :

« A travers tes créneaux, o Newstead, mu-
« gissent les vents des orages! Demeure de
« mes pères, tu n'es plus qu'une ruine; dans
« tes jardins jadis si riants, la ciguë et la ronce
« ont étouffé la rose qui fleurissait le long
« de tes allées sablées.

« Ces orgueilleux barons bardés de fer, qui
« guidèrent leurs vassaux dans les plaines de la
« Palestine, n'ont laissé d'eux d'autres traces
« que l'écusson et le bouclier dont l'ouragan
« fait gémir le fer rongé de rouille, etc. etc. »

Depuis, dans *Don Juan*, il a attaché une légende à la discription toute poétique de cette vieille abbaye qui appartient aujourd'hui au colonel Wildman. Lord Byron ne renonça à cette demeure de ses pères qu'en renonçant à l'Angleterre. Il eut toujours une espèce de remords de l'avoir vendue. En Italie on voyait dans sa chambre à coucher deux vues de Newstead-Abbey. [^1]

[^1]: Le 6 mars 1809, il écrivait à sa mère :

« Quoi qu'il arrive, Newstead-Abbey et moi nous devons *rester debout*, ou tomber ensemble. J'ai maintenant vécu sur les lieux, mon cœur s'y est attaché, et aucune gêne pécuniaire ne me fera abandonner ce dernier débris de notre héritage....

.. Je puis endurer des privations; mais, quand je pour-

Dans les guerres civiles de la première révolution, les Byrons se distinguèrent par une inviolable fidélité à leur souverain malheureux, et la reconnaissance de la maison de Stuart éleva à la pairie, avec le titre de baron, l'aîné de huit frères qu'ils étaient. Le premier lord Byron, nommé plus tard gouverneur du duc d'York, eut l'honneur de faire la campagne de Flandre avec son pupille sous le grand Turenne. Il mourut sans enfants, et son titre échut à son frère.

Un des membres les plus illustres de cette famille a été l'amiral Byron, né en 1723, si connu par ses aventures extraordinaires et ses utiles voyages dans l'Océan Pacifique. L'amiral Byron fut aussi opposé à la flotte commandée par le comte d'Estaing, dans l'Amérique du Nord. Il passait pour être si malheureux; que ses matelots qui l'aimaient personnellement, mais superstitieux comme les matelots le furent toujours, l'avaient surnommé *Jean-Mauvais-Temps* [1]. — L'amiral Byron fut malheureux jusque dans son fils, le capitaine Byron, dont la renommée scandaleuse naquit de son adultère avec la marquise de

rais obtenir en échange de Newstend-Abbey la première fortune du pays, je rejetterais la proposition; » etc.

[1] Foulweather Jack.

Camarthen, qu'il finit par épouser quand le divorce eut rompu les liens légitimes qui l'attachaient à son premier époux. Ce second hymen ne fut pas plus heureux pour elle que le premier, les vices du capitaine et sa brutalité la firent mourir de douleur.

En 1785, M. Byron prit pour seconde femme miss Gordon, riche héritière écossaise, d'une origine royale[1]; elle fut bientôt victime des extravagances de son mari, qui abandonna sa femme et son fils, le lord actuel, et alla mourir à Valenciennes pour éviter ses créanciers.

Cette veuve délaissée vécut assez longtemps pour voir son fils reçu dans la chambre des pairs, lorsque lord William, son oncle, mourut, en 1798, sans postérité directe. Mais elle n'a pu voir que l'aurore de sa gloire poétique, et il lui fut même refusé la douceur de l'embrasser dans ses derniers moments, étant expirée en Écosse pendant ses voyages de 1811.

Il est à regretter que lord Byron n'ait pas conservé plus long-temps celle qui lui donna le jour; ne peut-on pas croire que les tendres conseils de l'amour maternel auraient tem-

[1] Miss Gordon of Gight, du comté d'Aberdeen, appartenait à une famille qui descendait de la princesse Jane Stuart, fille de Jacques II d'Écosse.

péré cette ame altière et influé peut-être favo-
rablement sur ses inspirations. Ah ! sans doute,
il eût respecté davantage certains sentiments
sacrés, en pensant que ses écrits seraient d'a-
bord offerts à sa mère ! La piété filiale est elle
seule, une religion toute-puissante. Dans les
dernières stances du IIe chant de *Childe-Harold* on reconnaît combien cette perte fut
douloureuse pour le poète [1].

Le dernier lord Byron, homme de passions
violentes, avait eu le malheur de tuer dans
une rixe un nommé M. Chaworth, dont les dernières paroles compromettaient tellement son
meurtrier, qu'il fut jugé par la cour des pairs,
et ne dut peut-être qu'à son privilége d'être
acquitté de la sentence qui le déclarait homicide. Il s'était depuis retiré dans l'abbaye de
Newstead, où vivait solitaire, odieux à ses vassaux, en guerre avec ses voisins, sans communiquer avec sa famille; aliénant plusieurs de
ses domaines, et laissant tomber en ruines
la demeure de ses aïeux [2].

Telle est du moins l'histoire souvent répé-

[1] *All thou could'st have of mine, stern death, thou hast:
The parent, etc.*

[2] « La bizarrerie (*eccentricity*) semble être une maladie
héréditaire dans la famille; » observe l'auteur d'un mémoire
sur lord Byron, vrai libelle inspiré par la faim. La sœur de
lord William Byron, Isabelle, comtesse de Carlisle, mère

tée en Angleterre du père de lord Byron, et
de son oncle; cependant nous en aurions mo-
difié au moins les termes dans cette édition
nouvelle de l'*Essai*, mais nous préférons laisser le poète lui-même réfuter ce passage sur
sa famille, trop heureux de reconnaître que
nous avons pu être induits en erreur [1].

Lord Byron écrivit de Gènes, le 12 juillet 1823:

« Je vous suis très-obligé *de l'Essai*, etc.,
« quoique je l'eusse déjà vu dernièrement
« joint à la dernière édition de la traduction.
« Je n'ai à me plaindre en rien de ce qui m'y

du comte actuel, était une femme d'esprit, mais très-sin-
gulière. On trouve dans divers recueils plusieurs de ses pièces, qui ne manquent ni de grâce ni de verve. Elle brilla
long-temps dans le beau monde; puis tout-à-coup il lui prit
fantaisie de vivre et de mourir en recluse.

Le comte de Carlisle, son fils est un poète, de mérite, et
Johnson applaudit à sa tragédie de *la Vengeance pater-
nelle* dont il loue le style et la vigueur. Ce tuteur de
lord Byron a été sacrifié par lui au ridicule dans la *Satire des
Critiques et des Poètes*. Il paraît que des torts réciproques
mirent la discorde entre les deux parents; lord Byron s'en
plaint avec son ton de sarcasme ordinaire, dans la note ajou-
tée aux vers qui le regardent dans son espèce de *Dunciade*.

[1] On lit dans les *Conversations* de lord Byron : J'étais
un enfant gâté, et quand ma mère était en colère contre
moi elle me disait : « Ah! petit drôle, vous êtes un Byron en
tous points; vous êtes aussi méchant que votre père. » Cependant nous ne nous en étions pas seulement rapportés aux
on dit relativement à la famille de lord Byron. Plusieurs
allusions de *don Juan* semblent en contradiction avec ce
qu'on va lire.

« concerne personnellement , quoiqu'il s'y
« trouve naturellement des faits altérés, et
« plusieurs erreurs dans lesquelles l'auteur a
« été induit par les relations des autres; je parle
« des faits, non pas des critiques. Mais le même
« auteur a cruellement calomnié mon *père* et
« mon grand-oncle, mais plus spécialement
« le premier. Bien loin d'être *brutal*, il était,
« d'après le témoignage de tous ceux qui l'ont
« connu, extrêmement aimable et d'un carac-
« tère enjoué, mais *insouciant* et fort dissipé.
« Il avait par conséquent la réputation d'un bon
« officier, et s'était montré tel dans les gar-
« des en Amérique. Les faits eux-mêmes con-
« tredisent l'assertion. Ce n'est pas avec de la
« *brutalité* qu'un jeune officier des gardes sé-
« duit et enlève une marquise, et épouse deux
« héritières. Il est vrai que c'était un très-bel
« homme, ce qui fait beaucoup. Sa première
« femme (lady Conyers et marquise de Camar-
« then) ne mourut *pas* de chagrin, mais d'une
« maladie qu'elle gagna pour avoir absolument
« voulu suivre mon père à la chasse, avant
« qu'elle fût bien remise de ses couches à la
« naissance de ma sœur Augusta. Sa seconde
« femme, ma respectable mère, avait, je vous
« l'assure, un esprit trop fier pour supporter les
« mauvais traitements de qui que ce pût être,
« et elle l'aurait bientôt prouvé. Je dois ajouter

1..

« que mon père demeura long-temps à Paris,
« et y voyait beaucoup le vieux maréchal de Bi-
« ron, commandant des gardes françaises, qui,
« d'après la similitude des noms et l'origine nor
« mande de notre famille, suposait qu'il pour-
« rait y avoir quelque parenté éloignée entre
« nous. Il mourut quelques années avant la
« quarantaine; et quels qu'aient été ses défauts
« ils ont tout autres que ceux de dureté et de
« grossièreté. Si la Notice parvenait en Angle-
« terre, je suis sûr que la partie relative à mon
« père affligerait ma sœur (la femme du colo-
« nel Leigh, attachée à la cour de la feue reine,
« *non pas* Caroline, mais Charlotte, femme de
« Georges III) encore plus que moi, et *elle* ne
« le mérite pas, car il n'y a pas un être plus
« angélique sur la terre. Augusta et moi avons
« toujours chéri la mémoire de notre père au-
« tant que nous nous chérissions l'un l'autre,
« et c'est au moins une présomption qu'aucune
« tache de dureté ne la souillait. S'il a dissipé
« sa fortune c'est *notre* affaire, puisque nous
« sommes ses héritiers; mais jusqu'à ce que
« nous le lui reprochions, je ne connais per-
« sonne qui ait le droit de le faire. Quant à lord
« Byron, qui tua M. Chaworth en duel, loin de se retirer *alors* du monde, il fit le
« tour de l'Europe, eut la place de maître des
« chiens de la chasse au cerf du roi (*grand-*

« *veneur*) après cet événement, et ne se retira
« du monde que lorsque son fils l'offensa en
« se mariant d'une manière contraire à ses de-
« voirs. Loin de sentir aucun remords pour
« avoir tué M. Chaworth, qui était un *spa-*
« *dassin* et un *querelleur*, il conserva toujours
« *l'épée* dont il s'était servi à cette occasion
« dans sa chambre à coucher, et elle y était
« encore *lorsqu'il mourut*.

« Une chose assez singulière, c'est qu'étant
« jeune je m'attachai beaucoup à la petite-
« nièce et à l'héritière de M. Chaworth, qui
« était au même degré de parenté que moi avec
« lord Byron, et dans un temps l'on supposa
« que les deux familles s'uniraient. Elle avait
« deux ans de plus que moi, et nous étions
« souvent ensemble dans notre enfance. Elle
« épousa un homme d'une ancienne famille et
« très-respectable, mais son mariage ne fut pas
« plus heureux que le mien. Sa conduite ce-
« pendant fut irréprochable, mais leurs carac-
« tères ne sympathisaient pas, et ils fini-
« rent par se séparer. Je ne l'avais pas vue
« depuis plusieurs années, et l'occasion se
« présentant, j'étais sur le point, avec son
« approbation, de lui faire une visite, quând
« ma sœur, qui a toujours eu plus d'influence
« sur moi que personne autre, me persuada de
« ne le point faire. « Car, dit-elle, si vous y

« allez, vous reviendrez amoureux, et alors
« il y aura une scène; un pas conduira à un
« autre, et cela fera un éclat, etc., etc. » Je
« me rendis à ces raisons, et peu après je me
« mariai, avec quel succès il est inutile de le
« dire, — Mᵐᵉ C., quelque temps après sa sé-
« paration, devint folle. — Mais depuis elle
« s'est guérie, et s'est, je crois, réconciliée
« avec son mari. — Voilà une longue lettre,
« et principalement sur ma famille, mais c'est
« la faute de M. Amédée Pichot, mon béné-
« vole biographe. Il peut dire de *moi* tout le
« bien ou le mal qu'il lui plaira, mais je dé-
« sire qu'il ne parle pas de mes parents autre-
« ment qu'ils ne le méritent. Si vous pouviez
« trouver une occasion de lui faire, ainsi qu'à
« M. Charles Nodier, rectifier les faits relatifs
« à mon père et les publier, vous me rendriez
« un grand service, car je ne puis supporter
« d'entendre médire de lui injustement.»

Le jeune Georges Gordon passa sa première enfance auprès de sa mère dans le comté
d'Aberdeen en Ecosse. A la difformité d'un
de ses pieds, il joignait les signes d'une constitution rachitique. Lady Gordon, pour for-
tifier la santé délicate de son fils, sentait tout
le prix d'un air vif et de l'exercice. L'enfant
errait librement sur les bords de la mer, gravissant ces montagnes où la muse de sir W. Scott

allait recueillir, à la même époque, les traditions sur lesquelles sont fondés les titres de gloire de l'Homère des mœurs calédoniennes.

Après la mort de lord William, les droits du jeune Gordon furent légalement reconnus, et sa tutelle confiée au comte de Carlisle qui avait épousé la sœur du dernier lord Byron. On s'occupa alors de l'envoyer dans une école dans laquelle il recevrait une éducation convenable à son rang. On choisit celle d'Harrow-on-the-Hill, où William Jones et Sheridan avaient été initiés aux premiers secrets des muses classiques [1]. L'indépendance de ses premières années fut naturellement regrettée par le jeune élève, quand il se vit soumis aux règles de la discipline scolastique. On a voulu lui faire un crime d'avoir éprouvé quelque impatience sous la férule de ses pédagogues. Hélas ! qui de nous ne s'est pas quelquefois rappelé avec douleur les charmes du toit paternel dans ces murs qu'un vague in-

---

[1] Harrow-on-the-Hill (*Harrow sur la colline*) est un village à dix milles de Londres, ainsi appelé parce qu'il est situé sur la plus haute colline du comté de Middlesex. Nous avons visité l'école qui fut fondée sous Élisabeth par John Lyon. Nous y avons vu, dans les chambres qu'ils occupaient, les noms du docteur Parr, de sir William Jones, de Sheridan, du comte de Spencer, et de lord Byron, qu'on y cite avec orgueil parmi ceux qui ont fait honneur à cette institution, une des plus considérables des Trois-Royaumes.

stinct de liberté rend de véritables prisons pour l'enfance! Le chef de l'institution d'Harrow fut malheureusement la victime des premiers traits satiriques du poète précoce, qui le désignait sous le nom de *Pomposus*. Dans une note de *Childe-Harold*, lord Byron nous révèle cependant qu'il a conservé un pieux souvenir d'Harrow et du révérend docteur Joseph Drury, son précepteur, à qui s'adresse surtout l'hommage de son respect et de sa reconnaissance. Voici quelques vers simples et touchants, composés par lui avant de quitter le séjour de ses premières études, et dans lesquels on aurait quelque peine à deviner la misanthropie de son âge mur.

« Ida [1]! c'est à toi que je dois l'amitié que
« je n'aurais pu trouver ailleurs. La mort, en
« me rendant orphelin, m'avait privé des le-
« çons d'un père! Ah! les honneurs d'un rang
« élevé, le nom d'un illustre tuteur [2], peuvent-
« ils suppléer à la tendresse qui nous parle
« dans les yeux d'un père! Qui pourrait me
« consoler de la perte prématurée du mien? »

Ce fut à l'âge de seize ans que lord Byron passa d'Harrow à Cambridge, où il devint élève du collège de la Trinité. Il paraît que

[1] Nom poétique d'Harrow.
[2] Lord Byron veut sans doute parler du comte de Carlisle.

les études sérieuses de cette illustre université l'occupèrent fort peu; il se livrait de préférence à la lecture des poètes, et s'exerçait lui-même à les imiter, pendant les trois années que dura son séjour sur les bords du Cam. Les professeurs ne lui ont pas pardonné d'avoir, comme Milton, déclaré leur académie indigne de la faveur des muses, et d'avoir fait, à leurs dépens, l'éloge de leurs rivaux d'Oxford. On raconte aussi que leur noble disciple leur fit ses adieux par un trait de sarcasme original. Son compagnon favori était un ours, qu'il avait dressé lui-même, et qui le suivait partout; mais il le laissa dans son logement du collége, comme candidat à la première place d'élève vacante.

Ce fut dans la solitude de Newstead-Abbey que lord Byron, cédant à l'importunité de quelques amis, fit un choix de ses pièces fugitives, qu'il intitula : *ses Loisirs* [1], et qu'il livra aux chances de la publication, en les dédiant à son tuteur le comte de Carlisle. Il était impossible, à moins d'être injuste par une malveillance calculée, de ne pas y reconnaître les germes précieux d'un talent précoce, et poétique jusque dans les imitations où le

[1] *Hours of Idleness (Heures de loisir ou Heures d'oisiveté)*, *by Georges Gordon, lord Byron a minor.* Ce volume fut imprimé à Newark.

jeune homme ose lutter contre le génie des
auteurs de la Grèce et de Rome. Mais son imagination se plaît surtout dans les chants ossia-
niques; il adresse d'éloquentes apostrophes
aux âpres montagnes de la Calédonie, et à la
gloire guerrière de ses ancêtres maternels. Les
soupirs d'un premier amour se mêlent à ces
souvenirs de l'enfance, et le doux nom de
Marie est associé souvent aux noms sauvages
des anciens héros et des lieux illustrés par
leurs exploits :

LES REGRETS.

I.

« Lorsque j'errais, jeune montagnard, sur
« la sombre bruyère, gravissant la cime es-
« carpée, du neigeux Morven [1], pour con-
« templer le torrent qui grondait comme un
« tonnerre, ou les vapeurs de la tempête s'a-
« moncelant à mes pieds [2] ; étranger à la

---

[1] Morven, haute montagne de l'Aberdeenshire : *Gourmal of snow* (neigeux Gourmal) est une expression fré-
quente dans Ossian.   (*Note de lord Byron*).

[2] Cela ne semblera pas extraordinaire à ceux qui ont

« science, ignorant la crainte, et sauvage
« comme les rochers où grandissait mon en-
« fance, je ne nourrissais dans mon sein qu'un
« sentiment bien cher : ai-je besoin de dire,
« ô ma douce Marie, qu'il était tout en vous.

II.

« Ce ne pouvait être l'amour, car je n'en
« connaissais pas le nom : quelle passion peut
« habiter dans le cœur d'un enfant ? et cepen-
« dant j'éprouve encore la même émotion que
« j'éprouvais, enfant, dans ces déserts hérissés
« de rochers. Une seule image, une seule res-
« tait gravée dans mon cœur ; j'aimais ces
« froides régions, je ne soupirais point pour en
« connaître d'autres ; j'avais peu de besoins,
« car tous mes désirs étaient comblés : pures
« étaient toutes mes pensées, car mon ame
« était toute en vous.

III.

« Je me levais avec l'aurore ; et, n'ayant

vécu dans les montagnes. Il n'est pas rare, en atteignant le
sommet du Ben-Nevis et du Ben-Bonrd, etc., d'apercevoir,
entre soi et la vallée, des nuages qui se fondent en pluie,
et qui sont quelquefois accompagnés de tonnerre et d'é-
clairs, tandis que le spectateur peut littéralement contempler l'orage qui éclate à ses pieds, en restant à l'abri de ses
effets.   (*Note de lord Byron.*)

« d'autre guide que mon chien, je bondissais
« de montagne en montagne ; j'opposais mon
« sein * aux vagues impétueuses de la Dee * ,
« et j'écoutais au loin le champ du monta-
« gnard : le soir, étendu sur ma couche paisi-
« ble de bruyère, mes rêves, ô Marie, n'of-
« fraient à ma vue que votre image, et j'élevais
« au ciel les vœux d'une dévotion ardente, car
« ma première prière était une bénédiction sur
« vous.

IV.

« J'ai abandonné ma froide patrie, et mes
« songes se sont dissipés : les montagnes se
« sont évanouies ; ma jeunesse n'est plus : le
« dernier de ma race, je dois me flétrir seul,
« et n'avoir d'autre bonheur que le souvenir
« des jours perdus dans le passé. Ah! la fortune
« m'a donné des honneurs ; mais elle a rempli
« ma vie d'amertume ; combien m'étaient plus
« chères les scènes de mon enfance ! Quoique
« mes espérances aient été déçues, elles ne
« sont pas oubliées : quoique mon cœur soit
« froid, il s'arrête encore auprès de vous.

---

* *Breasting the lofty surge.*
SHAKSPEARE.

* La Dee est une belle rivière qui prend sa source près
de Mar-Lodge, et se perd dans la mer, à New-Aberdeen.

V.

« Quand je vois quelque noire montagne
» élancer sa crête vers les cieux, je songe aux
« rochers qui forment le diadème de Colbleen[1];
« quand je vois l'azur si doux de deux yeux qui
« expriment l'amour, je pense à ces yeux qui en-
« chantaient pour moi ces sauvages contrées :
« lorsque par hasard je vois ondoyer les bou-
« cles légères d'une chevelure qui ressemble
« un peu aux blonds cheveux de Marie, je pense
« à l'or de ces boucles flottantes et si belles qui
« n'appartenaient qu'à vous.

VI.

« Cependant le jour peut venir, où les mon-
« tagnes s'élèveront encore une fois à ma vue
« couvertes de leurs manteaux de neige; mais
« quand elles s'élèveront ainsi toujours les
« mêmes, Marie sera-t-elle là pour me rece-
« voir ? — Oh, non ! Adieu donc, ô monta
« gne, où s'écoula mon enfance; et toi douce
« rivière de la Dee, adieu à tes eaux : aucun
« toit dans la forêt n'abritera ma tête. Ah !

---

[1] Colbleen est une montagne à l'extrémité des Higlands
d'Écosse, non loin des ruines de Dee-Castle.

« Marie, dans quelle demeure pourrais-je
« y habiter sans vous [1] ? »

Les critiques de la *revue d'Édimbourg* ne
virent dans les épanchements de cette jeune
muse que le sujet d'un de ces articles, cruellement ironiques, dont ils aiment parfois à
amuser leurs lecteurs. Plus d'un talent nais-
sant s'est vu ainsi écrasé sans pitié par ce
colosse littéraire, et tel auteur dont le génie
et la renommée ont survécu à ses coups,
comme Wordsworth, Southey, Montgom-
mery, etc., sont restés soumis à ses sarcasmes
périodiques. Lord Byron est peut-être le seul
dont les représailles aient amené en quelque
sorte à composition les aristarques calédoniens.

---

[1] Ces stances rappellent le sentiment qui a dicté à
M. le vicomte de Châteaubriand la romance si connue du
montagnard, qu'on trouve dans le *dernier des Abence-
rages :*

Combien j'ai douce souvenance
Du joli lieu de ma naissance, etc.

. . . .

Oh! qui me rendra mon Hélène,
Et ma montagne et le grand chêne!
Lour souvenir fait tous les jours
    Ma peine.
Mon pays sera mes amours
    Toujours.

[2] On trouvera cet article dans le tome XVI de cette
sixième édition.

La satire des *Critiques écossais et des poètes anglais* atteste l'exaspération du jeune poète. La verve de ce poème est remarquable : pourquoi l'auteur ne s'est-il pas contenté de frapper ses agresseurs, sans confondre dans son aveugle ressentiment presque tous ses contemporains. On croirait voir un gladiateur qui, révolté dans l'arène, tournerait son glaive non-seulement contre les juges barbares à qui son inexpérience servait de risée, mais encore contre ses frères condamnés comme lui à amuser leurs cruels loisirs. Que d'inimitiés particulières lord Byron s'est attirées par ces imprudentes attaques que l'amour-propre seul l'a depuis forcé de soutenir !

C'est ce qu'il a sans doute senti plus tard lorsqu'il a supprimé de lui-même ce poème. Il avait aussi renouvelé le combat dans une *épître* à Horace dont il arrêta l'impression après le tirage du second exemplaire.

Il paraît que pendant l'espace qui s'écoula depuis la publication de sa satire jusqu'à sa majorité, le jeune lord ne fut guère poète que par occasion, et que les plaisirs du monde l'occupèrent plus que le culte des chastes muses.

Comme Harold, il fit l'amère expérience des fausses amitiés et des fausses amours ; il ne chanta plus que rarement la pauvre Maria oubliée pour de plus faciles maîtresses, et il

fut désabusé de bonne heure des riantes illusions qui nous séduisent à l'entrée de la vie.
Les ennuis de la satiété pesèrent sur son
cœur. On reconnaît déjà ces tristes impressions dans l'épitaphe du chien de Terre-
Neuve, qui avait remplacé l'ours de Cambridge dans ses affections. Le grand amuse-
ment de lord Byron était la nage et l'art de
conduire un bateau, exercices dans lesquels
son habileté est connue. Pour éprouver la fidèle sagacité de *son ami*, il feignait de tomber
dans un lac par accident, et l'animal se pré-
cipitant aussitôt après lui, ne manquait jamais
de le saisir et de le conduire jusqu'au rivage.
Lorsqu'il perdit ce chien, il lui fit élever un
mausolée en mémoire de son attachement, et il
termine son panégyrique par ces quatre vers :

Ye, who perchance behold this simple urn
Pass on, — it honours none you wish to mourn ;
To mark a Friend's remains these stones arise ;
I never knew but one and here he lies.

O vous qui contemplez cette urne funéraire,
Passez.... vous n'avez point à pleurer en ces lieux ;
Cette urne est d'un AMI le monument pieux ;
Je n'en connus qu'un seul : — Il est sous cette pierre. »

Le nouveau propriétaire de Newstead-Abbey a respecté le monument, où avec ces vers
on lit aussi l'épitaphe en prose de Boatswain :

Ainsi s'appelait ce chien qui mérite l'immortalité aussi bien que le Ban et le Buscar du vieil Ossian et le Moïda de sir Walter-Scott :

Ici près
Sont déposés les restes
De celui qui possédait la beauté sans vanité,
La force sans insolence,
Le courage sans férocité,
Et toutes les vertus de l'homme sans ses vices.
Ces louanges qui ne seraient qu'une insignifiante flatterie
Si elles étaient gravées sur des cendres humaines,
Ne sont qu'un juste tribut à la mémoire
De BOATSWAIN, *chien,*
Qui naquit à Terre-Neuve en mai 1803
Et mourut à Newstead
Le 18 novembre 1808 [1].

Mais la bizarrerie du noble lord fut surtout remarquable dans le choix qu'il fit pour sa coupe de la tête d'un de ses ancêtres. La boutade poétique gravée sur « cette dépouille dérobée au tombeau » est d'un goût certes fort étrange, et les belles convives de Newstead-Abbey ne devaient pas accepter sans quelque

[1] Le major Parry nous raconte qu'en Grèce lord Byron avait toujours avec lui un chien nommé Lyon qu'il aimait beaucoup et qui, après la mort du poète, a accompagné son cercueil jusqu'en Angleterre. Lyon devint la propriété de sa sœur mistress Leigh.

effroi les invitations d'un seigneur qui ressuscitait ainsi, dans le dix-neuvième siècle, les usages des Scandinaves.

Cette coupe est restée au colonel Wildman. Sa vue n'a rien de repoussant. C'était la coupe de cérémonie quand lord Byron présidait *l'ordre du crâne* qu'il avait créé.

« Cependant Harold languit dans sa terre natale qui lui semble plus triste que la solitude d'un anachorète; il avait soupiré pour plus d'une beauté quoiqu'il n'en aimât qu'une; mais celle-ci ne pouvait être à lui : un besoin de distractions lui fit prendre la résolution de traverser les mers pour aller visiter ces climats qu'éclaire un soleil brûlant. »

Son compagnon de voyage fut M. Hobhouse*, à qui depuis il dédia le quatrième chant de son Pélerinage poétique. Ils s'embarquèrent à Falmouth pour le Portugal. Arrivés à Lisbonne, ils faillirent être les victimes d'un assassinat, et s'étonnèrent de voir le poignard menacer chaque jour leurs compatriotes. Les secours intéressés de l'Angleterre humiliaient les Lusitaniens dont la religion et les usages étaient souvent tournés en ridicules. On a reproché à la vanité française

* John Hobhouse, membre du Parlement auteur de plusieurs ouvrages politiques et littéraires.

d'avoir quelquefois légèrement blessé les préjugés et l'amour-propre des peuples conquis chez lesquels, pendant vingt-cinq ans de révolution et de gloire, nous avons transporté nos camps. L'orgueil britannique a aussi son intolérance : un jour les officiers anglais firent une procession publique de francs-maçons dans les rues de Lisbonne, et affectèrent de passer dévotement devant un corps-de-garde portugais qui crut rendre les honneurs militaires au symbole du culte catholique. Si lord Byron avait connu ce trait et d'autres semblables, il n'eût pas attribué les assassinats fréquents qui ensanglantaient le Portugal à une *dégradation* nationale. Ces hommes indignes, selon lui, des riches contrées qu'ils habitent, sauront un jour secouer à la fois le joug de l'Angleterre et celui de la tyrannie qui les opprime encore. On ne doit pas désespérer d'un peuple de peur de le décourager.

Le poète voyageur se hâta de franchir « l'onde argentée qui sépare les deux royaumes rivaux. » La patrie chevaleresque de Pélage était alors le théâtre de la glorieuse lutte de l'indépendance nationale contre une agression impie. Malgré son admiration pour la valeur castillane, lord Byron ne crut pas au succès de la bonne cause, et il pensa que le glaive de Buonaparte mis dans la balance devait l'emporter contre les destinées de l'Europe conjurée : qui lui eût dit alors que, quelques années plus tard, sa muse, oubliant ses malédictions, irait déposer une guirlande funèbre sur la tombe du dominateur des rois dans une île lointaine du monde [1].

Après avoir visité les champs de bataille, les villes incendiées et les cités moins malheureuses, qui, telles que Séville et Cadix, n'avaient point vu leurs enceintes profanées par l'invasion étrangère, les deux amis prirent leur passage sur une frégate anglaise, et partirent pour aller parcourir l'Albanie, la Grèce et l'empire ottoman. La philosophie chagrine d'Harold s'était déridée quelquefois aux sons voluptueux de la guitare, mariés à la voix plus séduisante encore des tendres Ibériennes. Il les proclama plus tard dignes de la couronne de l'Amour, mettant bien au-dessous d'elles « les fades beautés du nord [2]. »

Une mystérieuse Inèz charma surtout son exil volontaire, et lui inspira un chant de mélancolie et d'amers regrets. Mais déjà la course rapide du vaisseau, et les divers objets qui se succèdent à ses yeux, l'ont rendu aux rêve-

[1] Voyez l'Ode à l'île de Sainte-Hélène.
[2] Childe-Harold, chant 1ᵉʳ.

ries de son indifférence : c'est même en vain
que l'île de Calypso lui révèle une enchan-
teresse non moins dangereuse que l'amante
d'Ulysse[1]. « Son cœur capricieux est de marbre » pour cette Florence, surprise de n'obtenir de lui que le stérile hommage de quelques vers.

Il reconnaît Actium, Lépante, le pauvre
royaume d'Ithaque, le promontoire de Leu-
cade, et salue enfin les rivages de l'Épire et
les classiques sommets du Parnasse; Janina,
Bérent, Tépalen, sont visités tour à tour. Le
costume des Albaniens lui rappelle ceux des
montagnards écossais, parmi lesquels s'est
écoulée sa première enfance. Ali-Pacha le
reçoit avec honneur à sa cour sauvage; et
l'hospitalité des Suliotes lui devient pré
cieuse dans un danger. L'aspect de tous ces
sites sublimes ou gracieux charme le trou-
ble de son ame : mais le voilà en présence
des débris imposants d'une terre consacrée
par les arts et le génie; le voilà parmi ce
peuple « ruine vivante lui-même[2], » sur
la poussière de tant de monuments de tou-

[1] L'île de Goza. Voyez les vers à Florence.

[2] Expression de lord Byron si heureusement transportée
dans notre langue par un éloquent professeur (M. Villemain),
dans une séance de l'Académie.

tes les gloires. Vivement ému par ce contraste d'une nature toujours belle, et de l'humiliation de la postérité des héros, courbée sous le joug des barbares, le noble lord retrouve toute sa sensibilité, tout son enthousiasme. Ce n'est plus un Sybarite poursuivi par le malaise de l'ennui, c'est un poète digne de célébrer les disgrâces de la patrie des Muses, et de réjouir dans leurs tombeaux tant de mânes illustres par des chants de vengeance et de liberté. Il rougit de voir sa terre natale s'enrichir des dépouilles de la ville de Cécrops, et sa satire contre lord Elgin ' exprime toute son indignation.

Le nouvel Érostrate avait fait inscrire son nom et celui de lady Elgin sur une des colonnes du temple de Minerve. En lisant cette inscription d'une vanité toute britannique, lord Byron cria au sacrilége : au danger de sa vie, il gravit la colonne, et effaça lui-même le nom odieux du spoliateur, en épargnant toutefois celui de sa compagne. Il porta le zèle plus loin, en faisant graver profondément ces deux lignes, en latin gothique, sur le marbre profané :

' Voyez la traduction de la Malédiction de Minerve, poème dont le noble auteur a transporté le début au III, chant du Corsaire.

Quod non fecerunt Gothi
Hoc fecerunt Scoti [1]

Lord Byron a extrait de ses mémoires quelques notes curieuses qui accompagnent les
deux premiers chants de Childe-Harold ; il y.
examine la question de l'affranchissement de
la Grèce avec impartialité : malgré son opinion prononcée contre le despotisme turc, il
trahit dans ses notes tout le mépris que lui
inspirent les gouvernements de l'Europe en général, sans en excepter celui de l'Angleterre.
Il va même parfois jusqu'à préférer le caractère
des Ottomans à l'hypocrisie des sociétés chré-
tiennes. Les mœurs de l'Orient avaient séduit
ses goûts aristocratiques, et les beautés de ce
pays n'occupèrent pas moins ses loisirs que
ses pélerinages de ruine en ruine, l'étude de
la langue romaïque, et l'ébauche de ses principaux ouvrages. Quelques-unes de ses poésies légères sont consacrées à rappeler de
tendres liens formés sur ces rivages lointains.

Nous ne citerons ici que ce qu'il raconte de
l'état de désolation dans lequel il laissa les
restes d'Athènes.

« Nous sommes tous susceptibles d'éprouver

_____

[1] Ce que les Goths ne firent pas, des Écossais l'on
fait.

ou d'imaginer, dit-il, le douloureux regret
causé par le spectacle des ruines de ces cités qui
furent jadis des capitales d'empire : mais jamais la petitesse de l'homme et la vanité de ses
plus nobles vertus, qui sont le patriotisme et la
valeur du citoyen, ne furent rendues plus évi-
dentes que par le souvenir de ce que fut Athènes, et la certitude de ce qu'elle est aujourd'hui.
Ce théâtre de la lutte des factions et des orateurs, du triomphe et de la chute des tyrans, de
la gloire et de l'ostracisme des guerriers, n'est
plus qu'une scène de petites intrigues, et de
querelles continuelles entre les agents tracas-
siers de certains nobles anglais. Les renards du
désert, les hibous, les reptiles des ruines de
Babylone, étaient, certes, moins dégoûtants
que des hôtes pareils. Les Turcs peuvent allé-
guer le droit de la conquête pour justifier
leur tyrannie, et les Grecs n'ont souffert que
les chances de la guerre, fatales aux plus
braves. Mais quelle dégradation, depuis que
deux peintres se disputent le privilége de
piller le Parthénon, et triomphent tour à tour,
suivant la teneur de chaque firman !

« Sylla ne put que punir Athènes, Philippe
la soumettre, et Xerxès l'incendier ! Mais il
restait au misérable antiquaire et à ses vils
mercenaires de la rendre aussi méprisable
que lui-même. Le Parthénon, avant les rava-

ges du siége fait par les Vénitiens, avait été successivement un temple, une église et une mosquée. C'était un édifice trois fois sacré ; sa profanation est un triple sacrilége [1]. »

Pendant son séjour à Athènes, lord Byron se joignit à deux voyageurs anglais [2] pour rendre un hommage à la tombe d'un jeune savant, élève comme lui de l'université de Cambridge, et qu'une mort prématurée avait surpris au milieu de ses voyages. Ses cendres reposaient ignorées dans le temple de Thésée. Ce ne fut pas sans éprouver quelque opposition de la part du Wayvode que ses compatriotes placèrent sur sa sépulture un marbre funéraire, avec une inscription.

Quand il eut visité la Morée, et toute l'Achaïe, lord Byron s'embarqua pour Constantinople sur la frégate « The Salsete, » capitaine Bathurst. Pendant que le navire était à l'ancre dans les Dardanelles, il s'éleva parmi les officiers une discussion sur la possibilité de traverser l'Hellespont à la nage, et de vérifier ainsi les récits d'Ovide et de Musée, au sujet de Léandre. Lord Byron et le lieutenant Ekenhead convinrent d'en faire l'expérience, et l'exécutèrent le 3 mai 1810. Il

[1] Notes du II° chant.
[2] Walpole et Fiott.

raconte lui-même son exploit, dont un accès de fièvre fut la suite; ce qui lui fournit le sujet d'une pièce de vers assez plaisante.

Depuis cette aventure, un Anglais nommé Turner renouvela la même tentative sans réussir, et se permit quelques remarques sur le récit du poète. Celui-ci, offensé de ses doutes, se hâta de les réfuter dans une lettre adressée au libraire Murray.

Ravenne, 21 février 1821.

Mon cher Monsieur,

« A la page 44, vol. 1 des Voyages de Turner (que vous m'avez envoyés dernièrement), il est dit que lord Byron, en publiant combien il était facile de traverser le détroit d'Abydos à la nage, semble avoir oublié que Léandre fit le double trajet avec et contre le courant; tandis que le noble lord n'en fit que la partie la plus aisée, en nageant de l'Europe à l'Asie.

« Je ne pouvais certainement avoir oublié ce qui est su de tout écolier, que Léandre traversait la mer le soir, et revenait le matin. Mon but était de vérifier si l'Hellespont pouvait être traversé à la nage, et c'est à quoi nous réussîmes, M. Ekenhead et moi, l'un en une heure et dix minutes, l'autre en cinq minutes de moins. Le courant ne nous favorisait pas; au contraire, la grande difficulté consistait à nager malgré le courant qui, loin de nous porter vers le rivage d'Asie, nous poussait vers l'Archipel. Nous n'avions aucune idée de la différence du courant dont parle M. Turner : je dis nous, c'est-à-dire ni M. Ekenhead, ni moi, ni personne à bord de la frégate, depuis le capitaine (aujourd'hui l'amiral Bathurst) jusqu'au dernier matelot. Voici la première fois que j'en entends parler, ou j'aurais pris l'autre direction.

« Notre seul motif, pour partir du rivage d'Europe, fut la considération que le petit cap au-dessus de Sestos était un point de départ plus marqué, et que la frégate, qui était à l'ancre au-dessous, formait un meilleur point de vue.

« M. Turner dit : « Tout ce qu'on jette à la mer de cette partie du rivage d'Europe doit constamment aborder au rivage d'Asie. »

« Cela est si peu exact, que le courant vous entraîne plutôt vers l'Archipel, quoiqu'il puisse arriver parfois qu'un vent violent du rivage d'Asie produise un effet contraire. M. Turner tenta le trajet du côté de l'Asie, et ne réussit pas, y renonçant au bout de vingt-cinq minutes, épuisé complètement, et sans avoir avancé plus de cent toises. Cela est très-possible; il aurait pu lui en arriver autant s'il était parti du rivage opposé. J'ai positivement remarqué, et M. Hobhouse comme moi, que la résistance des flots nous força de faire un trajet de trois à quatre milles, tandis que le détroit n'en a qu'un d'étendue. Je puis assurer M. Turner que son succès m'eût fait grand plaisir, parce qu'il m'eût fourni une preuve de plus : il n'est pas très-bien à lui de prétendre que, parce qu'il a lui-même échoué, Léandre n'a pu mieux faire que lui.

« On peut citer quatre exemples de la possibilité du trajet ; M. Ekenhead et moi nous avions été précédés par un jeune Napolitain et un Juif.

« Quant à la différence du courant, je n'en reconnus aucune. Il n'est favorable d'aucun côté, mais il peut être surmonté si le nageur plonge dans la mer plus haut que le point opposé du rivage où il tend. La résistance est forte, mais, en calculant bien, on peut arriver à terre.

« Ma propre expérience, et celle des autres, me fait prononcer que le passage de Léandre est très-praticable : tout jeune homme bien portant et passable nageur peut le pratiquer des deux rivages. J'ai mis autrefois trois heures à traverser le Tage, trajet bien plus hasardeux, puisqu'il exige deux heures de plus que l'Hellespont.

« Je mentionnerai un autre fait pour prouver tout le chemin qu'on peut faire à la nage.

« En 1818, le chevalier Mengaldo, bon nageur de Bassano, désira faire une espèce de
défi avec mon ami Alexandre Scott et moi.
Comme il paraissait y tenir beaucoup, nous le
satisfîmes.

« Nous partîmes tous trois de l'île du Lido,
et nageâmes jusqu'à Venise. A l'entrée du
grand canal, Scott et moi nous étions déjà
trop loin pour voir notre ami d'Italie : il ne
courait aucun danger, du reste, car une gondole le suivait pour garder ses vêtements, et
le secourir au besoin.

« Scott dépassa le Rialto, où il s'arrêta,
moins à cause de la fatigue que du froid,
étant resté quatre heures dans l'eau sans se re-
poser, si ce n'est en nageant sur le dos, ce
qui entrait dans nos conditions.

« Je continuai ma course jusqu'à Santa
Chiara, y compris tout le grand canal (outre
la distance depuis le Lido). Je ne cessai de
nager qu'à l'endroit où la Lagune se rouvre à
Fusina.

« J'étais resté dans l'eau quatre heures et
cinq minutes, à ma montre, sans toucher la
terre ni aucune barque. Cette partie eut pour
témoin M. Hoppner, consul général, et d'autres personnes s'en souviennent.

« M. Turner peut aisément vérifier le fait,

s'il le juge à propos, en s'adressant à M. Hoppner. Nous ne pûmes mesurer exactement la distance parcourue; elle devait naturellement être considérable.

« Je traversai l'Hellespont en une heure et dix minutes seulement. J'ai aujourd'hui dix ans de plus, et vingt si je compte d'après ma constitution. Cependant il a y deux ans que je fus capable de nager pendant quatre heures et vingt minutes et je suis persuadé que j'aurais pu continuer deux heures encore, quoique j'eusse des pantalons, accoutrement qui n'aide nullement, comme on sait. Mes deux compagnons restèrent aussi quatre heures dans l'eau. Mengaldo pouvait avoir trente ans, et Scott vingt-six. Après de tels essais sur les lieux et ailleurs, qui pourrait me faire douter de l'exploit de Léandre? Si trois individus ont fait plus que de passer l'Hellespont, pourquoi aurait-il pu faire moins ? Mais M. Turner ne réussit pas, et, cherchant naturellement une cause plausible, il en rejette la faute sur le rivage d'Asie. Selon moi, cette cause est évidente. Il voulut nager directement, au lieu de remonter plus haut pour prendre l'avantage du courant. Autant aurait valu essayer de voler par-dessus le mont Athos.

« Qu'un jeune Grec des temps héroïques,

amoureux et robuste, ait réussi dans cette entreprise, il n'y a rien là d'étonnant ni de douteux; qu'il l'ait fait ou non, c'est une autre question, parce qu'il aurait pu avoir un *petit bateau* pour s'en éviter la peine.

« Je suis tout à vous,

« BYRON.

« *P. S.* M. Turner dit que le trajet de l'Europe à l'Asie était « la partie la plus facile du voyage. » Je doute que Léandre le trouvât ainsi, parce que c'était pour lui le retour : cependant il avait plusieurs heures dans les intervalles.

« Un peu plus haut comme un peu plus bas, dit aussi M. Turner, le détroit s'élargit tellement, qu'on ne gagnerait guère à y chercher un point de départ. » Cet argument n'est bon que pour de mauvais nageurs; un homme, tant soit peu exercé, fera toujours moins d'attention à la distance qu'à la force de l'eau. Si Ekenhead et moi nous avions voulu traverser l'espace le plus étroit, au lieu de partir du cap, nous aurions été entraînés à Ténédos. Le détroit n'est pas cependant extraordinairement large ni au-dessus ni au-dessous des forts. Comme la frégate stationna quelque temps dans les Dardanelles, en attendant le

firman, je me baignai plusieurs fois depuis
notre premier trajet, et généralement du côté
de l'Asie, sans m'apercevoir de la plus grande
violence du courant, dont parle M. Turner,
pour pallier son mauvais succès. Notre amu-
sement, dans la petite baie sous le fort d'Asie,
était de plonger pour attraper les tortues de
terre, pendant qu'elles rampaient en amphi-
bies au fond de l'eau : ce qui ne prouve pas
que le courant soit là plus rapide que du côté
de l'Europe.

« Quant à ce qui est de la modeste insinua-
tion que nous choisîmes ce rivage comme
plus « facile, » j'en appelle à M. Hobhouse et
à l'amiral Bathurst, le pauvre Ekenhead étant
mort.

« Si nous avions entendu parler de cette
prétendue différence des courants, nous l'aurions du moins examinée, sans y renoncer au
bout de vingt-cinq minutes, comme M. Turner. »

Ne semblerait-il pas, quand on lit cette
lettre, que le poète est plus jaloux de son habileté, comme nageur, que de toute sa gloire
littéraire? Il est curieux de rapprocher des
détails de ces divers exploits *aquatiques* le
passage des « deux Foscari [1], » où le jeune

---

[1] Acte I, scène I.

Vénitien, à la vue de l'Adriatique, se rappelle les plaisirs de ses jeunes années. On n'est plus surpris que lord Byron ait traité ce sujet plusieurs fois avec amour.

« Que de fois j'ai fendu ces vagues, oppo-
« sant à leur résistance un sein plus auda-
« cieux! Avec le geste rapide du nageur, je
« rejetais en arrière ma chevelure humide,
« puis j'élevais en souriant mes lèvres au-
« dessus de la mer, qui les caressait comme
« une coupe. Plus les flots s'élançaient, plus
« ils me soulevaient avec eux; et souvent, en
« me jouant, je plongeais dans leurs gouffres
« de vert cristal, et j'allais toucher les coquil-
« lages et les plantes marines, invisible à ceux
« qui, restés sur le rivage, tremblaient de ne
« plus m'apercevoir! Soudain je reparaissais,
« portant à la main les gages qui prouvaient
« que j'avais mesuré l'abîme. Je m'élevais en
« frappant avec force les ondes retentissantes,
« et, donnant un libre cours à mon souffle
« long-temps suspendu, j'écartais avec dé-
« dain l'écume qui m'entourait, et je poursui-
« vais ma carrière comme l'oiseau de la mer.»

Après avoir parcouru la Troade, Homère à la main, lord Byron passa quelque temps à Constantinople, fit plusieurs excursions dans la Romanie, et revint à Athènes, où son ami Hobhouse se sépara de lui, et le précéda en

Angleterre. Enfin, le jeune lord revit lui-
même, au bout de trois ans d'absence, les rivages de sa patrie; mais, hélas! il n'y retrouva
plus de sa mère qu'un vain tombeau; un de ses
condisciples qu'il aimait beaucoup ' avait
aussi cessé de vivre. — Une amie, plus
chérie encore, Maria Chaworth, était à
jamais séparée de lui par une barrière in-
surmontable '. Que de nouvelles sources
d'amers regrets s'étaient ouvertes pour son
ame! Sa muse du moins resta fidèle à ses douleurs.

On put s'étonner que le jeune lord, parvenu à sa majorité, dédaignât de siéger parmi
les pairs de la Grande-Bretagne. Il prit
séance, et prononça trois discours. Son début, ou sa *virginité parlementaire*, comme
on dit en Angleterre (*maiden speech,*) lui
attira des applaudissements. On doit reconnaître au tour de ses trois harangues que l'opposition perdit en lui un champion redoutable,
dont la mordante causticité eût plus d'une fois
embarrassé le ministère: ce sont, sous plus
d'un rapport, de vraies *satires oratoires*, soit
qu'il parle en faveur des *briseurs de métiers*,
ou en faveur des catholiques. Mais il sembla

---

1. Voyez les notes du premier chant de *Childe-Harold*.
2. Elle était devenue Mrs. Musters.

craindre de prostituer son talent au service
d'une faction, et refusa de croire à la vertu, ou
au patriotisme de ceux qui se disaient les défen-
seurs de la liberté. Sa tribune à lui, ce fut la
presse; son langage, la poésie.

A défaut des discours plus nombreux que
nous eût valu un peu moins de dédain de la
part de lord Byron pour le rôle de pair d'Angleterre, voici ce qu'il écrivait sur l'éloquence
législative anglaise dont il semble comparer
les deux chambres au parlement de Satan. « Je
n'ai jamais entendu personne qui répondît à
l'idée que je me fais d'un orateur. Grattan en
aurait approché sans son débit d'arlequin. Je
n'ai jamais entendu Pitt; Fox une seule fois
et il me produisit l'effet d'un dialecticien, ce
qui est, selon moi, aussi différent d'un orateur,
qu'un improvisateur ou un versificateur le sont
d'un poète. La manière de lord Grey est noble,
mais n'est pas oratoire. Canning, quelquefois,
ressemble beaucoup à un orateur. Je n'admi-
rai jamais Wyndham, quoique tout le monde
l'admirât : son éloquence n'était pour moi
que tristement sophistique.

« Whitebread était le Démosthènes du mauvais goût et d'une véhémence vulgaire, mais
forte et anglaise.

« Holland fait impression par le bon sens et
la témérité. Lord Landsdown a du talent;

2.

mais c'est encore un dialecticien. J'aimerais beaucoup Grenville, s'il voulait réduire ses discours de manière à ne pas parler plus d'une heure.

« Burdet, à la voix douce et argentine comme Bélial en personne, et je crois qu'il est l'orateur favori du Pandemonium ; du moins j'ai toujours entendu vanter ses discours par les gentilshommes de campagne et par la *diablerie* ministérielle qui accourait quand il se levait pour prendre la parole.

« J'ai entendu le second discours de l'évêque Marsh : il ne produisit aucune impression. Je trouve Ward (aujourd'hui lord Dudley et Ward) étudié, mais clair et quelquefois éloquent. Je n'ai jamais entendu, chose étrange, quoique j'en aie eu l'envie, Peel, mon camarade d'école et de classe à Harrow ; mais, d'après ce que je me souviens, il est ou doit être parmi les plus éloquents. Je n'admire guère le débit de M. Wilberforce ; ce n'est qu'un flux de paroles, des paroles et rien que des paroles. Je doute beaucoup que les Anglois aient une éloquence proprement dite ; je penche à croire que les Irlandais *en avaient* beaucoup et que les Français en auront et en ont eu dans Mirabeau. Lord Chatam et Burke sont ceux qui en ont approché le plus en Angleterre ; je ne sais ce que lord Erskine a pu être au barreau, mais, quand je l'écoutais à la chambre, j'aurais voulu qu'il fût encore au barreau. Lauderdale est aigre, avec l'accent écossais, et piquant. Je ne dirai rien de Brougham, car j'ai une aversion personnelle contre l'homme.

« Mais, parmi tous ces orateurs, bons, mauvais, et médiocres, j'ai bien rarement entendu un discours qui ne fût trop long pour les auditeurs, et qui fût complétement intelligible : tout cela est une grande déception, et aussi ennuyeux que possible pour tous ceux qui sont obligés d'être là souvent présents. Je n'ai entendu Sheridan qu'une fois; il parla peu, mais j'aimai sa voix, sa manière et son esprit : il est le seul de tous ceux que j'ai nommés que j'aie jamais trouvé trop court. »

La publication des deux premiers chants de Childe-Harold eut lieu dans les premiers mois qui suivirent le retour de lord Byron, et révéla un puissant rival aux nombreux poëtes qui se partageaient la gloire de donner à la littérature anglaise une ère nouvelle, non moins remarquable que celles du siècle d'Élisabeth, et du siècle de la reine Anne.

Malgré quelques essais heureux de miss Joanna Baillie, l'art dramatique était à peu près délaissé par les Muses, depuis Shéridan et la mort prématurée de J. Tobin; mais chaque jour de nouvelles productions, origi-

nales par la forme et le sujet révélaient une
pensée active, une poésie d'inspiration et de
verve, jalouse de suivre le mouvement imprimé aux esprits par les grands événements
du dernier siècle. La littérature, du temps de
la reine Anne, se ressentait des importations
du continent; c'était généralement une littérature de cour et de salon, plus artificielle
que naturelle, et un délassement de beaux-
esprits, plutôt que la vocation du génie, digne interprète de l'enthousiame, de la philosophie et de la liberté [1].

Quelles que soient les erreurs et les défauts
de la nouvelle école, elle avait le mérite de
s'éloigner des sentiers de l'imitation, pour
être plus nationale que ses devanciers. Chacun des nouveaux poètes osait avoir un caractère à soi, au lieu de se soumettre à la
monotonie des formes convenues.

Quand Childe-Harold parut, l'émule de
Cowper, G. Crabbe, après un long silence,

[1] Les progrès des sciences, les découvertes nautiques, etc.,
doivent nécessairement étendre le cercle de la poésie dans
notre siècle. Notre intention n'est pas de développer ici la
tendance de la nouvelle école divisée en plus d'une secte,
nous lui avons consacré une partie de notre voyage en Angleterre et en Écosse, où nous avons essayé d'en faire apprécier
les défauts comme les beautés. Mais n'oublions pas que lord
Byron parut dans une époque féconde en poète parmi
lesquels il eût été difficile à la médiocrité de se distinguer.

venait de se montrer de nouveau avec toute
la fraîcheur et la force de sa jeunesse encou-
ragée par les éloges de Johnson et de Burke ;
Rogers conservait la tradition de l'harmonie
de Pope et de Goldsmith [1] ; Campbell [2], non
moins élégant et pur dans ses essais didacti-
ques, prenait un essor plus élevé dans l'ode,
et préparait sa *Gertrude de Wyoming*, modèle
de sensibilité et de grâce ; Coleridge avait annoncé par des fragments sa métaphysique rêveuse et sa puissante imagination, perdue depuis par sa propre indolence ; Wordsworth,
malgré ses puérilités, savait trouver souvent
un langage aussi sublime que les grands spectacles de la nature, sur lesquels il aime à médi-
ter. Southey, qui plus tard fut l'auteur de *Roderic*, avait célébré une héroïne française [3],
avec des vers quelquefois dignes de Milton,
et naturalisait dans la poésie du nord les bizarres fictions des Arabes et Indous [4] ; Moore,
surnommé l'Anacréon irlandais, cultivait une
muse plus gracieuse dont les accents un peu
libres effarouchaient par moments la pudeur
timide, mais qui se prêtait aussi aux hymnes
de la gloire, ou à la plainte d'un peuple op-

[1] *Pleasures of memory.*
[2] *Pleasures of hope.*
[3] *Joan of Arc.*
[4] *Thalaba, the curse of Kehama, etc., etc.*

2..

primé '. Walter Scott, enfin, le plus populaire de tous, choisissant ses modèles dans les traditions du moyen âge, ressuscitait, avec plus de grâce et de vigueur, les chants de ces ménestrels, fidèles compagnons des preux sauvages de la chevalerie écossaise.

L'enthousiasme accueillit partout le nouveau poète. Les mêmes éloges retentirent dans tous les cercles, et les journaux s'empressèrent de s'enrichir de nombreuses citations qui firent oublier les critiques même les plus justes.

La *Revue d'Édimbourg* ne pouvait garder le silence, et il est curieux de comparer à l'article un peu cavalier sur *les heures de loisirs*, l'espèce de rétractation chagrine qu'elle se voit forcée de faire en faveur du jeune lord, poète malgré ses arrêts, et qui menace de lui arracher plus d'une fois encore des éloges :

« Lord Byron a singulièrement profité depuis sa dernière comparution à notre tribunal. Voici un volume original et plein de talent; non-seulement le poète expie les péchés littéraires de sa minorité, mais, encore il promet bien davantage. Ce qui est surtout surprenant dans cet ouvrage, c'est qu'il plaise et intéresse si fort, privé comme il est de presque tout ce qui plaît et intéresse ordinai-

' *Irish melodies.*

rement. Point d'histoire, point d'incident ;
tout le poème consiste en réflexions et en descriptions, sans ordre, etc.

« Son principal mérite est une liberté, et
une hardiesse singulière de pensées, une force
et un bonheur de diction qui séduisent d'autant plus, qu'on ne sent ni travail, ni copie
servile, etc. » Combien cet aveu dû coûter à
la vanité des critiques.

On s'abandonne en lisant *Childe-Harold* à
l'impulsion du génie de l'auteur ; on est entraîné avec lui dans le tourbillon de ses pensées, sans avoir le temps de regretter le défaut
d'ordre et l'irrégularité de son essor. C'est le
vol audacieux de l'aigle qui parcourt librement les cieux, à travers les nuages, les ténèbres et les tempêtes, et qui plane avec orgueil
au-dessus des mortels.

On sent que ce n'est qu'avec peine que le
poète habite l'enceinte populeuse des cités ;
il ne respire avec calme que dans l'atmo-
sphère de la solitude, il ne sent d'enthousiasme
véritable que pour la nature ; les grandes infortunes, les ruines des empires, semblent
seules dignes de sa sympathie. Tout ce que
les annales de l'histoire lui offrent d'imposant,
et les événements extraordinaires qui ont fait
l'étonnement de la génération actuelle, l'inspirent tour à tour. Il juge les résultats de la

bataille d'Actium, et de celle de Trafalgar,
avec la même indépendance. Les images des
rois et des conquérants de l'antiquité figurent dans ses vers à côté des souverains qui
vivent encore sur le trône ou dans l'exil : tel
qu'un célèbre sculpteur [1], quand il lisait l'I-
liade, lord Byron exalte la taille des héros ; et
s'élève avec eux au-dessus du vulgaire.

A l'époque de la publication des deux premiers chants du *Pèlerinage*, l'attention de
tous les peuples était fixée sur les lieux que
visite Harold, et particulièrement sur l'Espagne, d'où partait le cri de résistance à l'oppression qui a réveillé l'Europe. Puisse l'hydre
de l'anarchie ne point dévorer les promesses
de la liberté chez une nation qui donnait alors
au monde d'héroïques exemples de fidélité,
de courage et d'honneur [2] ! Les voyages du
poète n'étaient pas entrepris en quelque sorte
dans le seul but de distraire son inquiétude
et sa mélancolie. Il semblait avoir reçu une
mission de ses compatriotes, pour étudier et
célébrer la péninsule, la Grèce et l'empire
Ottoman. Il était comme le représentant de
l'intelligence de tout un peuple : mais, en rendant compte de ses impressions, sa noble
fierté lui défend de reconnaître des juges ; il

[1] Bouchardon.
[2] Écrit en 1822.

veut moins inspirer l'intérêt, que commander
les sentiments et les passions de ceux qui l'é-
coutent. Selon l'expression d'un autre poète[1],
sa renommée est plus qu'une renommée littéraire ; et, tel que le chef déchu dont la grande
image est si souvent devant ses yeux, il tend
à exercer un despotisme universel sur l'esprit
des hommes.

La hardiesse d'attribuer la plupart de ses
propres réflexions au personnage presque
odieux de Childe-Harold, a été souvent reproché à lord Byron ; et ce reproche était
une accusation indirecte contre lord Byron
même, qu'on s'obstinait à identifier avec Childe-Harold, quoiqu'il n'eût peut-être d'abord
qu'une idée confuse du caractère qu'il voulait
dessiner. Mais cette misanthropie contribuait
elle-même à faire naître la curiosité : c'était
comme un prisme à travers lequel les objets
devaient ressortir avec des formes bizarres,
sans doute, mais du moins nouvelles. S'il y a
quelque chose de pénible dans ces boutades
chagrines et ce scepticisme décourageant qui
confondent un moment nos prétentions à une
céleste origine, et ébranlent notre confiance
glorieuse dans un avenir meilleur, on se ré-
concilie bientôt avec cette muse du déses-

[1] Th. Moore, Ed. Rev.

poir, quand elle cède elle-même à un besoin
d'émotions plus douces et plus consolantes.
Sa douleur filiale et son amitié fidèle s'ef-
fraient du néant qu'il a cru voir après la
tombe; il espère que les cœurs de ceux qu'il.
a aimés lui répondent dans un autre séjour.

Les accents de lord Byron s'adoucissent
encore quand ils s'adressent aux beautés de la
terre; les enchantements de leurs regards
sont plus puissants que le cercle magique que
sa misanthropie a tracé autour de lui, pour
l'isoler de la race humaine : sa main demande
à la lyre des accords mélodieux pour célébrer
leurs charmes, et quand le patriotisme les a
élevées comme en Espagne, au rang des héros, il leur prête des hymnes de triomphe et
de gloire :

LIV.

« Est-ce en vain que la vierge espagnole
« aura suspendu aux saules sa guitare silen-
« cieuse! Oubliant son sexe, elle a revêtu la
« cotte de mailles des guerriers, elle par-
« tage leurs périls et chante l'hymne des
« batailles. Celle qui naguère pâlissait à la
« vue d'une blessure, et que les cris lugubres
« de l'oiseau de nuit glaçaient de terreur, voit
« aujourd'hui de sang-froid l'éclair des sa-
« bres, et la forêt mouvante des baïonnettes.

« Foulant aux pieds les soldats expirants, elle
« s'avance avec le courage de Minerve, dans
« les lieux où Mars lui-même craindrait de
« marcher. »

LV.

« O vous qui entendrez avec étonnement
« l'histoire de ses exploits ! si vous l'aviez
« connue aux jours de la paix, vous auriez
« admiré ses yeux plus noirs que son voile,
« ses accords mélodieux, les boucles pendan-
« tes de sa chevelure, sa taille aérienne, sa
« grâce divine ; mais auriez-vous pu croire
« que les tours de Sarragosse la verraient un
« jour sourire à l'appproche du danger, com-
« mander des soldats et conduire la chasse
« périlleuse de la gloire ? »

LVI.

« Son amant tombe.... elle ne répand pas
« une larme inutile ; son chef est tué... elle le
« remplace au poste fatal ; l'ennemi est re-
« poussé, elle guide les vainqueurs : qui pour-
« rait apaiser mieux qu'elle l'ombre d'un
« amant ! qui pourrait venger aussi bien la
« mort d'un chef et rendre l'espérance aux
« guerriers consternés ? »

Le rhythme de Childe-Harold est le même

que celui du poème de *la Reine des Fées*.
L. Byron a aussi quelquefois heureusement
imité la naïveté de Spencer; mais il n'a pas
toujours réussi dans ses *personnifications* allé-
goriques. Le démon de la sottise, présidant à
la convention de Cintra, est burlesque plutôt
qu'épique; en revanche le génie de la guerre
auquel la montagne de Talavera sert de mar-
che-pied, et qui rappelle l'horrible figure du
dieu des Mexicains, est une de ces terribles
conceptions dignes du ciseau de Michel-
Ange.

L'invocation au Parnasse, écrite au pied de
ce mont sacré, a toute cette harmonie et
cette pompe lyriques dont le secret semblait
perdu avec celui de la verve irrégulière de
Pindare. Quand le poète revient à l'Espagne,
on sent qu'il a puisé à la source de la muse
antique. Le *combat du taureau* surpasse toutes
les descriptions connues de ce jeu cruel des
habitants de la péninsule.

Une apostrophe solennelle aux grandeurs
éclipsées d'Athènes commence le second chant,
consacré aux disgraces de la Grèce. On doit
convenir qu'aucun poète n'a su peindre avec
le même charme le tableau de ces lieux si fameux dans l'histoire. Les poèmes que lord

The *Fairy Queen*, Spencer.

Byron a publiés après Childe-Harold doivent
une grande partie de leur intérêt aux mêmes
sites où il se plaît à nous ramener, et avec
lesquels nos premières études nous ont presque familiarisés : mais, nous le répétons, nul
poète n'avait su associer, comme lord Byron,
l'intérêt des souvenirs classiques et les beautés éternelles du paysage. La terre des Hellènes ne s'était pas encore montrée à nous si
belle par son climat et par ses ruines ; jamais
nous n'avions été si vivement émus du contraste de sa gloire ancienne et de son abjec-
tion actuelle :

LXXXV.

« De quels charmes tu es encore parée dans
« tes jours de deuil, patrie des dieux et de
« tant de héros dignes de l'Olympe ! La ver-
« dure éternelle de tes vallons, tes montagnes
« toujours couronnées de neige, te procla-
« ment encore l'objet de tous les dons variés
« de la nature ; tes autels et tes temples renver-
« sés, leurs débris confondus avec les cendres
« des héros sont encore brisés par le fer de la
« charrue. Ainsi périssent les monuments éle-
« vés par des mains mortelles ; la vertu célé-
« brée par les muses survit seule au ravage
« des siècles. »

LXXXVI.

« Une colonne solitaire est aperçue de loin
« en loin; le temple de Minerve orne encore
« le rocher de Colonna, et apparaît au-dessus
« des flots; çà et là sont aussi les tombes
« ignorées de quelques guerriers; leurs pier-
« res noircies et leur vert gazon bravent les
« siècles et non l'oubli; des voyageurs étran-
« gers sont les seuls, qui, comme moi, s'y
« arrêtent avec vénération, et s'en éloignent
« en poussant un soupir.

LXXXVII.

« Beau climat, l'azur de ton ciel est tou-
« jours pur, et l'aspect de tes rochers tou-
« jours pittoresque; la fraîcheur règne encore
« dans tes bocages, et la fertilité dans tes
« champs. Tes olives mûrissent comme au
« temps où tu voyais Minerve te sourire :
« l'abeille erre librement sur l'Hymète, et y
« construit encore sa ruche odorifiante. Apol-
« lon n'a pas cessé d'embellir tes étés; le mar-
« bre de Mendeli n'a rien perdu de son ancienne
« blancheur; les arts, la gloire, la liberté ne sont
« plus, mais la nature est toujours belle. »

Quelques petits poèmes accompagnaient
les deux premiers chants de *Childe-Harold*,
entre autres les vers adressés à Thyrsa. Il y a

dans ces plaintives élégies une grâce délicate qui conserve quelque chose de son charme, même dans la prose d'une traduction.

Les fragments de l'histoire du « *Giaour* » commencèrent peu de temps après la série de ces compositions énergiques et sombres, qui sont le retour du même caractère, revêtu chaque fois d'attributs différents. Tous ces héros, le Giaour, Conrad, Lara, n'ont d'autre héroïsme que l'audace dans le crime où le danger. Ils font leur vertu de l'orgueil, comme le Satan de Milton, véritable type de tous ces rebelles qui ont déclaré la guerre à l'ordre et à la société : leurs passions impétueuses sont l'instinct qui les dirige; ils se considèrent eux-mêmes comme la foudre dont la mission est de frapper indifféremment le faîte du palais, le chaume de la cabane, l'homme et l'insecte qui se trouvent sur son passage.

Un seul sentiment humain leur reste, c'est celui de l'amour; mais d'un amour qui a toute l'énergie et l'exagération naturelle de leur âme.

Lord Byron se plaît à représenter de tels caractères comme de nobles cœurs atteints d'une dégradation morale, et déchus de leur céleste destination, mais qui eussent été également capables de l'extrême vertu, si une fatalité aveugle n'en avait décidé autrement.

Le poète pénètre toutes les sombres passions, tous les secrets mouvements de ces hommes extraordinaires ; il les analyse et les peint avec une vigueur et une fidélité effrayantes, soit dans la terreur involontaire de leurs remords, soit dans les sauvages plaisirs de leurs vengeances. Un contraste est habilement ménagé entre le stoïcisme orgueilleux et farouche de ces âmes desheritées du ciel, et la douceur, le dévouement et la chaste tendresse de l'héroïne. La rapidité du récit, « une véritable condensation de pensées et d'images ' » la vigueur, l'originalité, la précision, tels sont les caractères du style de lord Byron, et qu'on retrouve dans tous ses rhythmes. Le plus sombre de ces héros est ce mystérieux Giaour, qui prend plaisir à se nourrir de son désespoir comme d'un poison. Ce poème fut achevé en cinq jours ; on comprend cette rapidité de composition : le poète, entraîné par sa verve, a négligé les transitions et les liaisons des différentes scènes entre elles. C'est moins une histoire que les fragments d'une histoire ; il y a eu négligence ou intention de la part de l'auteur, d'oser publier sans autre apprêt cette espèce de songe du désespoir. Il

---

' Expresion de la Revue d'Éd.

fut dédié à son ami Samuel Rogers, qui, dans *Christophe Colomb*, avait le premier donné l'exemple de ces réticences capricieuses. Ce n'est qu'à travers le voile d'un sombre nuage, que nous entrevoyons l'Émir, la belle Léila, le pécheur que le hasard rend témoin de la plupart des incidents,—et même le personnage principal, ce Giaour, dont la confession trahit plutôt ses pensées tumultueuses, que les détails de sa tragique histoire. Malgré tant d'obscurité, je ne sais quel intérêt entretient dans l'ame du lecteur la curiosité, et tour à tour les émotions d'une terreur et d'une pitié réelles. L'épisode de la tête sanglante d'Hassan apportée à sa mère est évidemment suggérée par l'histoire dramatique de Sizara, dans le livre des *Juges* [1]. On y retrouve la noble simplicité de l'historien sacré; mais rien n'égale le tableau de la solitude où le Giaour vit avec les fantômes de son imagination et frappe d'une superstitieuse épouvante les moines du couvent.

On a moins admiré la diction de la *Fiancée d'Abydos* que celle du *Giaour*, sans doute parce que, dans un récit dont toutes les parties se tiennent, beaucoup de beautés échappent, qui auraient frappé vivement l'attention, si chaque passage saillant lui était offert

[1] Chap. 5, versets 28-30.

isolé. La Fiancée d'Abydos est un drame régu-
lier dont la catastrophe est amenée selon toutes
les règles des unités de temps et de lieu. La fidélité du costume oriental, les vives couleurs
du paysage y ressortent encore mieux que dans
les autres ouvrages de l'auteur; la figure de
Zuleika a toute la grâce et la pureté des figures de Raphaël; c'est le beau idéal du naturel,
de la grâce, de la candeur et de l'amour chez la
femme. Si vous avez aimé, vous avez prêté à
celle qui vous charmait les dons ravissants de
Zuleika; si votre cœur est encore indécis, il
vous semble que vous préférerez celle qui lui
ressemblera davantage. Sélim est de tous les
héros de lord Byron celui qui inspire un intérêt
sans mélange. Le cœur s'associe sans hésiter à
l'instinct d'indépendance qui a séduit son jeune
âge. Soumis à un maître, il conserve sa noblesse; quand l'espérance embellit l'avenir
pour lui, il est digne de sa bonne fortune; il
n'est téméraire que parce qu'il est jeune;
quand le danger s'approche, il s'y dévoue
avec une héroïque générosité.

Un poète, noble interprète des douleurs
de la France malheureuse, et dont la verve
fut naguère ranimée par le réveil héroïque
des Hellènes, a fait quelques heureux emprunts à la fin touchante de la Fiancée d'Abydos, pour la catastrophe de la sixième messé-

nienne où l'on reconnaît également plusieurs
traits du Giaour, et, entre autres, la comparaison de la Grèce à une beauté sans vie :

Au bord de l'horizon, le soleil suspendu
Regarde cette plage autrefois florissante,
Comme un amant en deuil qui, pleurant son amante,
Cherche encor dans ses traits l'éclat qu'ils ont perdu,
Et trouve après la mort sa beauté plus touchante.

Il nous semble que M. Casimir Delavigne
n'a été que trop timide dans ses emprunts ; il
fallait s'emparer de la comparaison tout entière : pour un poète comme lui, traduire,
c'est lutter fièrement contre un génie rival,
sans perdre aucun droit à l'originalité. Nous
aimerions à le voir naturaliser dans notre littérature un plus grand nombre de ces brillantes images qui abondent dans les créations de
lord Byron. [1] Depuis plusieurs annnées, la
poésie française semblait s'être réfugiée dans
la prose de l'auteur des *Martyrs* et dans celle
d'un autre écrivain dont la modestie s'effarou-
chera peut-être du voisinage d'un si grand
nom [2]. Les étrangers nous demandaient alors ce

[1] Écrit en 1822 ; depuis, M. Delavigne a placé heureusement dans *sa Messénienne* sur Byron, cette comparaison plus développée.

[2] La prose si harmonieusement cadencée du *Bey spala-
tin* est un véritable rhythme. Nous citons cette composition

qu'était devenue parmi nous la langue de Racine. J'ai eu à répondre moi-même à cette question sur les rives des lacs du Westmoreland[1] et
sous le toit hospitalier des poètes nationaux
de l'Écosse : j'ai été heureux d'y pouvoir ré-
citer quelques vers du Paria, les élégies épi-
ques des premières Messéniennes, et les méditations d'une autre chaste muse, inspirée
par la mélancolie et la piété[2].

Le *Corsaire* ne tarda pas à partager avec le
Giaour et la *Fiancée d'Abydos* l'enthousiasme
excité par ces deux poèmes.

Nous ne nous arrêterons pas à exposer le
plan et les détails de cette histoire, une de
celles qu'on a le plus relues. On retrouve
dans Conrad une nouvelle personnification
de cet idéal extraordinaire, d'après lequel
lord Byron dessinera encore Lara et Alp; Médora et la sœur de Sélim ont aussi à peu près
les mêmes traits caractéristiques. Comme

de préférence, parce qu'un critique, après avoir condamné
des ouvrages de plus longue haleine, disait de celui-ci:
Voilà un poème! le prenant pour la traduction d'un barde
étranger.

[1] C'est aux pieds du Skiddaw, près du lac de Keswick
qu'habite Southey, l'auteur de *Roderic*. C'est sur la croupe
sublime du mont Rydal que Wordsworth cultive son jar-
din et la muse des grandes pensées.

[2] La Revue d'Édimbourg a depuis consacré un article à
MM. de Lamartine, Delavigne et Béranger.

Shakspeare, énergique et profond dans le tableau des passions orageuses du cœur de l'homme, lord Byron fait de la femme un être faible mais digne de protection et d'hommages; il la peint affectueuse, pleine de candeur, et dévouée à celui qu'elle aime avec toute la confiance d'un premier amour. Telles sont Dedesmone, Juliette, Imogène: telles sont Zuleika, et l'amie du Corsaire, etc. Ici l'intérêt romanesque est plus vif, plus soutenu; et ne repose plus sur une seule scène ou une seule situation, mais on sent que c'est encore de l'analyse presque toute métaphysique des pensées secrètes du principal personnage que le poète attend les plus grands effets.

Lord Byron a su ennoblir avec un talent remarquable une allusion à l'électricité, sans défigurer ce phénomène physique par l'emploi d'un agent merveilleux. C'est la passion seule de Conrad qui voudrait prêter un sentiment à la foudre dont il invoque vainement les coups.

Le Corsaire, vaincu, captif, est enfermé dans une tour, lorsqu'une tempête vient mêler son horreur à l'obscurité de la nuit.

« Conrad écoute avidement le choc bruyant des flots qui jusqu'alors n'avaient jamais interrompu son sommeil. Son imagination sauvage s'exalte inspirée par l'élément qu'il chérit. Combien de fois il a volé sur le dos

3

de ces vagues rapides ? Qu'il aimait leur agi-
tation qui rendait sa course plus prompte !
Maintenant le mugissement de l'Océan est
pour lui une voix bien connue qui lui dit en
vain qu'il n'en est séparé que par une courte
distance.

« Le vent fait entendre de longs siffle-
ments, et la voûte du cachot retentit des rou-
lements de la foudre. A travers les barreaux
brille l'éclair dont la lumière réjouit plus Conrad que celle de l'astre des nuits ; il traîne ses
lourdes chaînes pour attirer le tonnerre, et,
soulevant ses bras chargés de fer, prie le ciel
de lancer, dans sa pitié, un de ses carreaux
pour l'anéantir. Le métal qui l'enchaîne et
ses vœux impies appellent également la foudre ; l'orage passe et dédaigne de frapper.
Conrad gémit comme si un ami infidèle eût
repoussé sa prière. »

Nous aimons à rapprocher de cette nuit terrible, la nuit si calme et si belle, pendant laquelle lord Byron contemple Athènes triste
et silencieuse au milieu de ses ruines :

« Mais déjà, depuis le sommet de l'Hymète
jusqu'à la plaine, la reine des nuits commence son règne silencieux. Son front d'argent n'est point voilé, son disque lumineux
n'est entouré d'aucun nuage avant-coureur
des tempêtes. Ses rayons vont se briser sur les

corniches de la blanche colonne, et communiquent leur éclat à l'emblême de la déesse sur la flèche du minaret ; les bosquets d'oliviers répandus au loin, l'onde épuisée du Céphise, le cyprès qui s'élève tristement près la mosquée sacrée, les tourelles brillantes des kiosques, le palmier solitaire du temple de Thésée, tous ces objets charment ma vue, et bien peu sensible serait celui qui les verrait avec indifférence.

« La mer d'Égée a calmé son sein courroucé. Elle déroule majestueusement ses vagues de saphir et d'or, pendant que les îles qui se détachent du milieu des flots déploient le rideau de leurs ombres, dont le sévère aspect contraste avec le sourire de l'Océan. »

Le Corsaire et Lara sont riches en semblables oppositions.

Lara, qui est peut-être Conrad, de retour au château de ses ancêtres, montre un caractère plus odieux que celui du corsaire : Conrad avait une véritable grandeur d'ame : Lara laisse voir un stoïcisme plus cruel, plus méprisant, qui va jusqu'à le mettre au-dessus du remords dans sa dernière heure. Un soupçon terrible plane sur sa tête à la mort d'Ezzelin ; ses bienfaits même ne sont que des perfidies : l'aveugle fidélité de Kaled n'en reçoit qu'humiliation, et quand il lève l'étendard de la

guerre, il sacrifie sans regret des milliers de
vassaux abusés.

Ces deux histoires reproduisirent, plus encore que les précédentes, le soupçon de l'i-
dentité de l'auteur et de ses héros. On aurait
pu, si l'on avait voulu s'arrêter à une discussion purement littéraire, faire observer que,
dans le caprice ou l'exaltation de ses idées,
lord Byron se confond avec ses personnages,
comme un véritable acteur s'oublie tout entier
dans ceux dont il revêt le costume. Il y aurait
peut-être même une certaine ressemblance
entre le genre de l'auteur du Corsaire et celui
du Roscius français, qui, comme lui, affec-
tionnait la représentation de ces victimes de la
fatalité, dont l'héroïsme survit dans le crime
et le délire de leurs fureurs.

Ces conceptions hardies empruntent sans
doute quelque chose au caractère du poète;
mais il nous semble qu'il faut y chercher
quelque chose de plus : c'est-à-dire, cet *esprit révolutionnaire* qui est devenu une des
muses de l'époque et qu'on retrouve dans la
poésie comme dans plusieurs romans remarquables, depuis 1789 jusqu'à nos jours.

Lorsque la société anglaise fut livrée à l'a-
narchie, et que la liberté s'y arma des textes
de la Bible pour renverser le trône, où a-t-on
dit que Satan avait apparu à Milton? Dans le

Pandemonium du parlement. Il parut en 1794 un roman célèbre où tous les personnages étaient subordonnés au personnage principal, le *Caleb William* de Godwin. La passion la mieux peinte, la mieux développée, dans ce grand drame, c'est peut-être la haine : l'auteur est un de ces écrivains anglais un peu déclamateurs qui ont su donner à la prose une couleur poétique sans tomber dans l'enflure, sans s'écarter du naturel; passionné, mais toujours vrai, alors même qu'il touche à l'exagération. Mais la date de l'ouvrage est importante pour en bien saisir l'esprit. Il avait été précédé du fameux *Traité sur la justice politique et son influence sur le bonheur et la vertu*, livre qui avait fait crier au sophisme et au paradoxe, les critiques et les philosophes en crédit. On avait surtout accusé M. Godwin de saper les institutions anglaises : *Caleb William* ne fut qu'une amplification romasneque du même système. Qu'il nous soit permis de reproduire ici quelques réflexions que nous avons émises ailleurs au sujet de cette composition qui a fait du bruit dans un temps où les principes opposés se combattaient sur une autre arène que celle de la polémique littéraire.

Le cri de l'émancipation de la France, en 1789, avait retenti en Angleterre comme dans

le monde civilisé. Tous les amis de la liberté
avaient cru entrevoir enfin l'aurore de la régénération complète de l'Europe. Il fallut
tous les excès de nos démagogues pour détruire ces nobles illusions. M. Godwin les
avait partagées avec Fox, Mac-Intosh, Wordsworth, Southey, Coleridge, et tout ce que les
îles britanniques avaient alors de plus distingué dans toutes les classes. Toute la littérature
anglaise de l'époque est comme imprégnée de
nos passions révolutionnaires : mais déjà cette
révolution tant désirée, et si féconde en espérances, commençait à effrayer ses partisans
désintéressés par ses résultats immédiats :
toutes les récriminations contre le passé res-
taient légitimes, mais l'avenir semblait encore
plus à craindre. A l'enthousiasme succédait le
découragement ; une misanthropie chagrine
faisait prendre en haine à quelques-uns non
plus seulement telle forme de gouvernement,
mais la société tout entière. L'épigraphe de
Caleb William est une dénonciation contre
l'homme en général :

« Amidst the woods the Leopard knows his kind
The tiger preys not on the tyger brood
Man only is the common foe of man. »

« Au milieu des forêts le léopard reconnaît le léopard ;

le tigre ne fait pas sa proie du tigre ; l'homme seul est l'ennemi de l'homme.

Cette espèce de déclaration de guerre à la
société est aussi la pensée fondamentale d'un
roman français aussi distingué par les couleurs du style que par la profondeur de la
conception : indépendamment de l'intérêt des
situations, il y a dans *Jean Sbogar*, comme
dans *Caleb William*, cette continuelle analyse
de sentiments et d'idées qui caractérise ce
qu'on a appelé le roman psycologique, dont
René et quelques autres productions plus ré-
centes sont des variétés ; mais qu'il ne faut
pas confondre avec ces fictions superficielles
où chaque événement amène une digression
étrangère à l'action et au personnage.

Il existe encore une frappante analogie
entre le génie de M. Godwin et celui de lord
Byron, comme entre le caractère de Falkand
et celui de Lara. Les deux poètes, car M. Godwin est un de ces romanciers qui ont élevé
le roman à la hauteur du poème, les deux
poètes ont créé avec la même imagination d'effrayantes personnifications de l'orgueil, de la
misanthropie, du désespoir et de la démence.
Le fond de leur tableau a quelque chose de
sombre à la manière de Rembrandt : leurs
scènes de terreur sont dignes du pinceau de

Salvator Rosa; et tous les deux, également,
savent entre mêler, dans leurs drames tragi-
ques, des épisodes d'amour et de pitié que le
contraste rend encore plus touchants : quoi
de plus gracieux que l'épisode de miss Emily
Melville, dans *Caleb William?* quoi de plus ra-
vissant que la douce figure de Kaled, dans
Lara? Cette analogie, du reste, s'explique
moins par le rapprochement des détails que
par la solennité de l'impression que produit
au même degré la lecture de ces deux ouvrages qui diffèrent sous tant d'autres rapports.
En effet, malgré ces traits d'une ressemblance
générale, il est difficile de citer deux auteurs
dont l'originalité respective soit plus incon-
testable et qu'il soit moins facile d'imiter.

Puisque nous en sommes à chercher des
rapprochements, n'oublions pas le Schedoni
de mistress Radcliffe : son apparition dans
l'église des *Pénitents noirs* rappelle le Giaour
sous le costume des moines : les deux figures
sont également belles, car il y a aussi de la
poésie dans les romans d'Anne Radcliffe, trop
oubliés aujourd'hui peut-être après avoir été
trop vantés.

Mais on préféra voir Byron lui-même dans
ses héros, et, en s'appuyant de quelques in-
discrétions mal interprétées, on n'épargna

aucune supposition pour compromettre le
poète par ses ouvrages.

De merveilleux récits circulaient à son retour d'Orient sur ses aventures et ses premiers amours. Il excitait personnellement
cette même curiosité pénible et un intérêt in-
défini que font naître ses Giaour, ses Corsaire,
ses Lara, etc. '.

Doué de tous les avantages de la fortune
et de la naissance, versé dans l'antiquité et
les sciences modernes, placé, à vingt-quatre
ans, au rang des premiers poètes de la Grande-

' Le capitaine des *bos-bleus* anglais, lady Morgan, qui
réunit tant de pédantisme à une certaine vivacité irlan-
daise, et une ignorance incroyable à quelques idées neuves : Lady Morgan, que lord Byron trouvait si ridicule,
quoiqu'il ait accordé l'éloge d'une épithète à son *Italie*,
vient de publier un livre singulièrement intitulé *le livre du
Boudoir*. Se donnant à l'ordinaire les airs d'un libéralisme
dédaigneux, tout en rappelant ses prétendues liaisons aristocratiques, elle raconte qu'à l'époque où le patronage
d'une de ses compatriotes l'introduisit dans la haute société de Londres, elle y aperçut pour la première fois
lord Byron. « Mes yeux éblouis, dit-elle, s'arrêtèrent sur
un très-beau jeune homme dont l'air sombre tenait le milieu entre la hauteur et la timidité. Il était seul, les bras
croisés, occupant un coin près de la porte ; et quoiqu'il
fût dans une foule brillante et animée, il n'en faisait point
partie. — « Comment vous portez-vous lord Byron, » lui demanda une jolie petite créature de la mode ! Lord Byron !
tons les braves Birons de la chevalerie française et anglaise,
se présentèrent à mon imagination, quand j'entendis pro-

Bretagne, entouré d'un charme inconnu, dont
la source était dans ses voyages loitains et dans
la sombre couleur de sa poésie, lord Byron at-
tirait tous les regards et se voyait recherché
par tous les cercles. Sa belle chevelure noire,
ses yeux ardents et expressifs, la pose élégante de sa tête, la proéminence de son front,
et tous les traits de son visage, faits pour peindre la passion et le sentiment, auraient offert à
Lavater un sujet digne de ses observations. [1]

noncer ce nom célèbre dans l'histoire; mais j'ignorais alors
que le beau jeune homme qui en avait hérité fût destiné à
lui donner de plus grands droits à l'admiration de la postérité que les vaillants preux de France et les loyaux Cavaliers d'Angleterre qui l'avaient porté avant lui. Car la renommée n'avance qu'à pas lents dans notre baronie de
Tirerag; et quoique lord Byron eût déjà fait son premier
pas dans la carrière, qui se termina par le triomphe de son
puissant génie sur tous ses contemporains; je n'en étais encore, dans l'article Byron, qu'au pends-toi brave Byron de
Henry IV. » Cette pauvre Lady Morgan n'est pas heureuse
dans ses allusions historiques; car c'est à Crillon et non à
Byron qu'Henri IV écrivit : pends-toi brave Crillon, nous
avons vaincu à Arques, et tu n'y étais pas !

[1] Nous avons vu, à Londres, chez lady A., un buste fort
ressemblant de lord Byron, placé à côté de celui de sir
Walter Scott, dont le front seul a peut-être quelque chose
de plus imposant encore. Le docteur Gall y eût remarqué
avec intérêt que l'organe le plus développé peut-être, dans
ces deux têtes est l'organe de la *combativité*, ou des guerriers.

Le caractère prédominant de sa physionomie était celui d'une rêverie profonde qui s'animait rapidement dans une discussion. Aussi un poète le comparait-il à « un beau vase d'albâtre dont la perfection est surtout mise en évidence quand une lumière intérieure le colore. » Les éclairs de gaieté, l'indignation ou le sourire satirique, qui brillaient fréquemment sur le visage de lord Byron, auraient pu tromper un étranger, tant ses traits mobiles étaient heureusement formés pour tous ces sentiments. Mais ceux qui avaient pu l'étudier et le suivre dans ses moments de calme et d'émotion s'accordaient à dire que son expression habituelle était celle de la mélancolie.

Cette physionomie remarquable de Byron faisait vivement éprouver la curiosité de savoir si une humeur, qui contrastait avec le rang, la fortune et les succès du jeune lord, n'avait pas une autre cause plus puissante que l'habitude et le tempérament. On s'étonnait de le voir partager les amusements de la société comme s'il les dédaignait et s'il sentait que sa sphère était bien au-dessus de la foule

---

Si ces deux poètes n'étaient pas tous deux boiteux, qui sait si l'Angleterre n'aurait pas eu deux généraux de plus et deux poètes de moins. Walter Scott et Byron aiment également les chevaux les chiens, les armes, etc.

frivole au milieu de laquelle il se croyait exilé.
Les enthousiastes le recherchaient pour l'admirer de plus près ; les hommes sérieux pour
lui offrir leurs avis , et les cœurs tendres pour
essayer de le consoler. Quelques-unes de ces
consolations furent acceptées, et souvent plus
d'une à la fois. Une lady, qui eut à se plaindre
de la légèreté de lord Byron ou de ses dédains,
s'en est vengée en le choisissant pour le héros
d'un roman satirique intitulé Glenarvon ¹.

D'autres victimes de son indifférence ou de
son infidélité ne contribuèrent pas peu sans
doute à ces perfides insinuations dont la plus
innocente était de ne rien spécifier et de substituer seulement son nom à ceux de Childe-
Harold, de Conrad et de Lara.

« ... En l'examinant avec attention, on dis-
tinguait en lui quelque chose qui échappait
aux regards de la foule, quelque chose qui
commandait le respect, sans qu'on pût dire
pourquoi. Le soleil avait bruni son visage ;
son front large et pâle était ombragé par les
boucles nombreuses de ses noirs cheveux. Le
mouvement de ses lèvres révélait des pensées

---

¹ *Glenarvon, by lady Caroline Lamb.* Les amours de lord
Byron avec lady Caroline ont eu une sorte de publicité.
Ce devait être une des parties les plus curieuses de ses mémoires. Ce qu'il en est dit dans les *Conversations* est déjà
passablement romanesque.

d'orgueil qu'il avait peine à contenir. Quoique sa voix fût douce et son aspect calme, on croyait y voir quelque chose qu'il eût voulu en retrancher : le froncement de ses sourcils, les couleurs changeantes de son visage, causaient de la surprise et de l'embarras à ceux qui l'approchaient, comme si cette ame altière renfermait quelque secrète terreur et des sentiments qu'on ne pouvait deviner. » (LE COR-SAIRE, chant Ier.)

La frugalité sévère de Conrad était aussi devenue, ajoutait-on, celle du poète :

« On ne verse jamais pour lui le nectar couleur de pourpre ; jamais la coupe n'approche de ses lèvres ; le pain le plus grossier, les herbes les plus simples, quelquefois le luxe des fruits de l'été, composent tous ses mets qu'un anachorète rigide ne rejetterait pas. » (Ib.)

L'histoire de Lara, revenu tout-à-coup des pays lointains, semblait avoir encore plus de rapports avec celle de lord Byron.

« Son père en mourant l'avait laissé maître de lui-même dans un âge trop tendre pour sentir une telle perte : héritage de malheur, dangereux empire de soi-même, dont l'homme abuse pour détruire la paix du cœur, etc., etc…

« Mais Lara est bien changé ! quel qu'il soit, on reconnaît sans peine qu'il n'est plus ce qu'il a été. Les rides de son front sourcilleux offrent les traces des passions, mais de passions anciennes; on remarque en lui l'orgueil, mais non le feu de ses jeunes années; un aspect froid et l'indifférence pour les louanges, une démarche altière, et un œil vif qui devine d'un regard la pensée des autres. Il avait ce langage léger et moqueur, arme poignante de ceux que le monde a blessés, et dont les coups lancés avec un fausse gaieté défendent la plainte à ceux qu'ils atteignent. Voilà ce qu'on observait dans Lara, et quelque chose encore que son regard et l'accent de sa voix pouvaient seuls révéler. L'ambition, la gloire, l'amour, ces fantômes que poursuivent tous les hommes, semblaient n'avoir plus d'attraits pour son cœur; mais on eût dit que c'était depuis peu, et parfois un sentiment profond et secret, qu'on voulait en vain pénétrer, se trahissait un moment sur son front livide. » (LARA [1]).

[1] Nous n'avons jusqu'ici tracé le portrait de lord Byron que tel qu'il était avant l'événement fatal qui l'exila de l'Angleterre, et dont nous n'avons pas encore parlé. Voici comment s'exprime un voyageur qui a vu lord Byron à Venise, et qui ne le flatte pas :

—Figurez-vous un jeune homme tour à tour vif, orgueilleux, timide, arrêtant sur vous des regards tels que le

Lord Byron laissait faire à chacun son roman et ne daignait pas réfuter les applications dont s'amusait l'oisive imagination de la crédulité.

Ses amis espérèrent que ce qu'il y avait d'étrange et d'âpre dans ce caractère romanesque s'adoucirait peu à peu dans les chastes plaisirs de l'union conjugale ; mais cette ame ardente et agitée n'était point faite, sans doute, pour le calme du bonheur domestique.

On prétend qu'il avait parié cinquante guinées avec M. Hay qu'il ne se marierait jamais. Il

---

pinceau de Raphaël les eût inventés pour l'image d'un grand poète ; entraînant à lui, comme dans le tourbillon d'une grande ame, tout ce qui l'approche. Ivre de sa noblesse comme un sot, et de son génie comme un roturier ; plus fier de la publicité qu'une miss riche et célèbre donna, par vengeance, à ses lettres d'amour, que des éloges publiés en son honneur par toutes les gazettes de l'Europe ; aimant la LIBERTÉ, comme la source de tout ce qui est généreux et vrai, et les femmes comme l'image la moins imparfaite du beau, que rêvent tous les arts ; chérissant la solitude, cette première de toutes les inspirations, et qui n'est autre que cette Égérie, à qui le législateur des Romains allait demander le génie de la sagesse ; tantôt silencieux, tantôt inspiré, selon ses interlocuteurs, parlant le langage elliptique du génie, car plus on pense, moins on explique ; préférant dans ses entretiens les spéculations morales aux dissertations littéraires, parce qu'il vaut mieux discuter des idées que des mots ; prompt à saisir avec la vivacité d'une imagination qui double ce qu'elle entend,

se souvenait de toutes sortes de mauvais présages qui auraient dû le faire rester célibataire. Il
était d'ailleurs retenu dans le célibat par les
habitudes qu'il avait contractées. Les mœurs
anglaises sont moins pures que le prétendent
les Anglais, avec leur affectation de pruderie
et de moralité. Lord Byron trouvait dans le
beau monde des maîtresses qui se donnaient à
lui, parce qu'il était à la mode; d'autres qui
se vendaient, parce qu'il tenait alors peu à
l'argent. Mistress L. G. lui offrit un jour sa fille
pour la somme de cent livres sterling. Il avait
eu quelque temps à suite un joli page qui fit
tout-à-coup une fausse couche. Byron, en un
mot, ressemblait un peu à ce *Don Juan* devenu
son héros favori; ou, pour chercher une comparaison avec un type réel, au comte de Ro-
chester, et à ce maréchal duc de Richelieu surnommé par Voltaire l'Alcibiade moderne [1].

comme ce qu'elle voit, les récits, les pensées, les rapports qui échappent dans la conversation aux hommes les
plus vulgaires, et empressé de traduire en beaux vers l'é-
motion qu'il a reçue, de sorte que tous ses poèmes ne
soient qu'un miroir plus étendu, plus animé, plus pur des
impressions extérieures, réfléchies par son imagination.
Tels sont les principaux traits du caractère et des habitudes de lord Byron, telle est à mes yeux la révélation
d'un poète.

[1] Voici une petite anecdote pour justifier la comparaison avec le duc de Richelieu, que nous voyons dans ses mé-

Il se décida pourtant à courtiser une héritière. Une fois son union arrêtée, on eût dit que sa femme allait absorber toute son existence. Dans la dédicace du Corsaire, adressée à Thomas Moore, le poète semblait faire un long adieu à la gloire poétique, et l'on apprit bientôt que son mariage avait été célébré dans le comté de Durham[1], avec la fille de sir Ralph-Milbank-Noël, héritière de la fortune et des titres de la maison des Wentworth.

Heureusement trois compositions remarquables, les *Mélodies Juives*, le *Siége de Corinthe* et *Parisina*, prouvèrent, dans le cours de la même année, que la poésie était une occupation toujours nécessaire à l'existence de lord Byron.

Les *Mélodies Juives* destinées à être adaptées aux airs conservés par la tradition dans les sy-

moires se tirer si heureusement d'affaire avec *les dames* par une repartie :

« Byron, alors membre du comité de Drury-lane, parlait un soir dans les coulisses d'une actrice de Covent-Garden qui avait eu des torts avec le directeur : « A la place d'Harris, dit-il, je l'eusse mise à la porte. » — « A la place de l'actrice, lui dit miss Kelly, j'aurais mis des culottes et demandé raison à votre seigneurie. » — « Dans ce cas, reprit Byron, loin de faire le grand seigneur avec vous, je me serais fait *Sans-culottes* et j'aurais accepté. »

[1] 2 janvier 1825. Il envoya le même jour les cinquante guinées du pari à M. Hay.

5.

nagogues, semblent annoncer un retour au
sentiment religieux, quoique tous ces chants
ne répondent pas précisément à ce que promet le titre. On y trouve quelque paraphrases,
ou imitations des livres saints, mais quelques-
uns de ces petits poèmes ressemblent trop à
des élégies d'amour, sans faire soupçonner la
moindre allégorie religieuse. Il en est qui
s'élèvent jusqu'à la pompe de l'ode ; et, dans
aucune langue, il n'est rien au-dessus de la
Défaite de Sennachérib.

Une édition complète des *Mélodies* vient
d'être publiée par M. Nathan avec les divers
entretiens que lord Byron eut autrefois au sujet de ces compositions. Cet ouvrage annoncé
avec emphase est cependant sans intérêt.
M. Nathan y a mêlé des lettres et des vers de
lady Caroline Lamb. Entre autres anecdotes,
ce que M. Nathan raconte des perroquets de
lord Byron confirme cet amour pour la *gent
animale* que lui attribue M. Medwin. Lorsque
M. Nathan allait chez le noble poète, il le
trouvait souvent occupé à jouer avec un de
ces oiseaux, qui était si jaloux des caresses de
son maître, qu'il le mordait jusqu'au sang,
lorsqu'il le voyait les accorder à d'autres. Byron riait de ses petites colères qu'il regardait
comme des preuves d'amitié. Il l'appelait
Jenny, du nom de la personne qui le lui avait

donné, et à laquelle il le comparait à cause de
ses caprices et de ses malicieuses vengeances.

Dans le *Siége de Corinthe*, lord Byron a
peut-être moins cherché à concentrer l'intérêt
sur un seul personnage qu'à composer une
succession de scènes et d'émotions touchantes
et solennelles, dessinées au milieu du tumulte
des terreurs et de la sauvage ivresse de la
guerre. Les critiques [1] ont trouvé que quelques-unes de ces oppositions étaient un peu
trop contrastées, mais ils ont rendu justice à
la magnificence de l'ensemble.

On ne saurait citer une scène de nuit plus
belle que la description de celle qui précède
le jour de l'assaut.

« Il est nuit; le disque argenté de la lune
« brille sur le Cithéron; l'Océan déroule ses
« vagues d'azur; la voûte des cieux est par-
« semée d'étoiles semblables à des îles de lu-
« mière au milieu d'un autre Océan suspendu
« sur nos têtes. Qui peut les contempler, et
« ramener ses regards sur la terre, sans éprou-
« ver un triste regret, et sans désirer des ailes
« pour prendre l'essor vers ces clartés im-
« mortelles!

« Le calme régnait sur les flots dont l'é-
« cume ébranlait à peine les cailloux du rivage,

[1] Ed. Rev.

« et dont le murmure ressemblait à celui d'un
« ruisseau; les vents dormaient sur les va-
« gues; les bannières cessaient de flotter; et
« au-dessus des lances qu'elles entouraient
« de leurs plis affaissés, brillait le signe du
« croissant.

« La voix des sentinelles troublait seule
« par intervalles le silence; parfois aussi le
« coursier faisait entendre ses fiers hennisse-
« ments répétés par l'écho des collines. Mais
« un murmure sourd, semblable au frémis-
« sement du feuillage, s'éleva dans le camp
« réveillé tout-à-coup. C'était la voix du Muèz-
« zin qui invitait l'armée à la prière de mi-
« nuit. Cette voix retentit comme les accents
« solennels et mélancoliques d'un génie. Tels
« des sons vagues et prolongés s'échappent
« d'une harpe solitaire dont les cordes sont
« rencontrées par le souffle des vents. Elle
« parut aux guerriers de Corinthe le cri pro-
« phétique de leur défaite; les assiégeants
« eux-mêmes frémirent, comme frappés
« d'un de ces pressentiments inexplicables
« qui saisissent soudain le cœur, le glacent
« d'effroi, et le font bientôt palpiter avec
« violence, honteux de sa terreur involon-
« taire. C'est ainsi que le glas de la cloche
« vous fait tressaillir alors qu'elle n'annonce
« que la pompe funèbre d'un inconnu; etc. »

Le coucher du soleil à Athènes, dans le troisième chant du Corsaire, est seul comparable à ce morceau.

Le spectacle des chiens se repaissant de cadavres sous les murs de Corinthe a quelque chose de trop horrible peut-être. Ces vers,

And their white tusks crotched o'er the whiter skull
As it slipped thro' their jaws, when their edge grew dull,
Etc., etc.,

pourraient servir de pendant à ceux où le Dante fait ronger la tête de l'archevêque Ruggieri par Ugolin.

Racine a dit :

Un horrible mélange
D'os et de chairs meurtris et traînés dans la fange,
Des lambeaux pleins de sang et des membres affreux
Que les chiens dévorants se disputaient entre eux[1].

Quelques-uns de ces hommes aujourd'hui si communs en Angleterre[2], qui cherchent partout de criminelles intentions, se sont

[1] Comedent canes carnes Jesabel, IV liber regum. ch. IX. ver. 36.
[2] Lettre à Murray.

5..

écriés que lord Byron a voulu consacrer l'adultère et l'inceste, en choisissant l'histoire tragique de Parisina, pour le sujet d'un poème. La Phèdre de Racine ne trouverait pas grâce auprès de ces censeurs scrupuleux. Parisina est peut-être le plus fini des ouvrages de lord Byron, celui où l'on admire davantage le sentiment exquis du beau. Ce n'est plus ici un drame de terreur, mais un drame de pitié.

Il y a encore plus de mélancolie que de volupté dans cette ravissante exposition, où le crépuscule est peint avec toute la douceur de ses teintes. Le jugement et la condamnation des deux coupables, la défense hardie, fière et cependant modeste du fils, la muette douleur de la fatale beauté ; tous ces détails sont traités avec une sensibilité et un talent admirables.

> *Had her eye in sorrow wept*
> *A thousand warriors forth had leapt,*
> *A thousand swords had sheathless shone,*
> *And made her quarrel all their own.*

Ces vers sont peut-être la réminiscence d'un passage de l'éloquent adversaire de la révolution française. Parlant de cette malheureuse reine complètement justifiée, récemment encore, par l'amie dont on avait aussi calomnié les sentiments [1], Burke s'écrie :

« Je ne songeais guère, en la voyant obtenir à juste titre tant de respect, d'enthousiasme et d'amour respectueux, qu'elle serait jamais obligée d'employer contre l'infortune, l'antidote cachée au fond de son cœur. Je ne songeais guère que je vivrais assez pour voir tant de disgrâces l'accabler au milieu d'une nation de braves, d'hommes d'honneur, et de gentilshommes fidèles. J'aurais cru que dix mille épées seraient sorties de leurs fourreaux pour punir même un regard d'outrage. »

Dans ces vers sur Parisina,

And those who saw, it did surprise
Such drops could fall from human eyes!

on retrouve la pensée d'un autre écrivain éloquent comme Burke, et poète comme lord Byron :

« Et l'on s'est étonné de la quantité de larmes que contenaient les yeux des rois. » (*Châteaubriand.*)

Mais ce qu'il y a de supérieur dans le poëme de Parisina, c'est l'exécution de la terrible sentence. Ici tout est grand et solennel, parce

[1] Publication des Mémoires de madame Campan.

que tout est simplement conçu et simplement
écrit. Le goût a rejeté l'inutile pompe du langage ; et jamais poésie ne fut plus pathétique.

« Les cloches balancées dans la tour du
« couvent font entendre ces sons prolongés
« et lamentables qui agitent douloureusement
« tous les cœurs. Déjà on chante l'hymne com-
« posée pour les habitants du tombeau, et
« pour ceux qui doivent bientôt y descendre.
« C'est pour l'ame d'un homme qui va périr
« que retentissent les cloches lugubres et les
« chants de mort : il est près du terme de ses
« jours, les genoux fléchis aux pieds d'un
« moine, sur la terre nue et froide. O douleur!
« l'échafaud est devant lui ; les gardes l'envi-
« ronnent, et le bourreau, le bras nu, se te-
« nant prêt à frapper un coup prompt et sûr,
« examine le tranchant de la hache. La foule
« accourt, et vient voir dans une muette ter-
« reur le fils recevant le trépas par ordre du
« père.

« C'était un beau soir d'été ; les derniers
« rayons du soleil tombèrent sur la tête de
« Hugo, lorsque terminant ses tristes aveux,
« et déplorant sa destinée avec l'accent du re-
« pentir, il se baissait pour entendre de la
« bouche de l'homme de Dieu les paroles sa-
« crées qui ont le pouvoir d'effacer les souil-
« lures du crime : ce fut dans ce moment que

« les feux de l'astre du jour éclairèrent les
« boucles pendantes de sa noire chevelure ;
« mais ce fut surtout sur la hache homicide
« que vint se réfléchir cette lumière, telle
« qu'un éclair menaçant. »

A la fin de cette année, lord Byron fut le
père d'une fille; mais la naissance de ce gage
d'amour conjugal, qui aurait dû cimenter la
félicité des deux époux, fut suivie de leur séparation. Au milieu des fabuleuses explica-
tions de cette rupture, il est difficile d'en
démêler la véritable cause. Il paraît cependant
que la jalousie de lady Byron eut de trop justes
motifs de plainte. On prétend même qu'une
rivale avait été introduite auprès d'elle, pendant sa grossesse, par son volage époux, qui,
habitué malheureusement aux mœurs relâ-
chées de l'Orient, ne savait point borner sa
tendresse à un seul objet. La part qu'il avait
prise à la direction du théâtre de Drury-Lane,
ne pouvait aussi que l'entourer d'un cortége
dont sa belle et chaste compagne devait au
moins s'inquiéter.

Des ennemis habiles, et même d'officieux
amis, s'empressèrent de jouer un rôle indis-
cret dans cette division domestique. Les débats d'un procès achevèrent de mettre le
public dans une espèce de confidence. Les
erreurs de ceux ~~~~~~~~ talents ont élevés

au-dessus du vulgaire ne sont pas aisément oubliés par la médiocrité jalouse.

Les journaux anglais, accoutumés à amuser leurs lecteurs des procès nombreux en adultère; car, en France, un mari trompé se tait, en Angleterre il plaide : les journaux s'emparèrent de cette querelle conjugale, se déclarant tous contre le mari, excepté l'*Examinateur*, rédigé par Leigh Hunt. Byron se vit comparé à Néron, à Apicius, à Épicure, à Caligula, à Héliogabale, à Henri VIII, le *Barbe-Bleue* des rois; enfin au prince régent, que le poète lui-même ayait flétri d'une sanglante épigrame au sujet de sa conduite immorale, et de ses torts envers la princesse son épouse. Pour justifier tous ces noms, il fallut inventer les détails d'une dispute de ménage : on mit en scène une mistress Mardyn, actrice peut-être fort sage, mais qu'on fit siffler au théâtre, comme la cause des malheurs de lady Byron.

Lord Byron eut à lutter contre une véritable persécution; il nous l'apprend lui-même, aimant à faire allusion à ses chagrins particuliers dans les digressions de tous ses poèmes.

« Ici la calomnie, écumant de rage, m'ac-
« cusait à haute voix; là de lâches envieux
« prononçaient mon nom à voix basse, et
« distillaient leur venin le plus subtil : gens
« à deux visages, dont l'œil significatif inter-

« prête le silence, et qui, par un geste ou par
« un hypocrite soupir, communiquent au
« cercle des oisifs leur médisance muette [1]. »

Enfin une ligue de femme se forma contre
le poète au nom de la morale, de la religion
et de l'honneur national. Ces belles insu-
laires avaient à venger des injures adressées
aux nymphes de la Tamise en général; elles
n'avaient point pardonné sans doute les vers
où, donnant la pomme de la beauté aux vierges de l'Ibérie, Harold s'écriait :

« Qui irait chercher les pâles beautés du
« nord ! qu'elles me paraissent ici fades et
« languissantes [2] ! »

Vainement lord Byron implora sa grâce
d'une épouse offensée; vainement les tendres
caresses d'une fille au berceau plaidèrent
pour un père au désespoir, le divorce eut
lieu. Le noble lord prit soudain la résolution
de s'exiler d'une patrie qui ne lui offrait plus
que d'amers souvenirs. Sa dignité blessée ne
se vengea, contre celle qu'il accusait d'avoir
empoisonné lady Byron de ses conseils [3],
que par une satire pleine de fiel, mais qui lui

[1] Childe-Harold. Ch. iv.
[2] Premier chant de Childe-Harold.
[3] *Esquisse d'une vie privée*, dirigée contre mistriss Charl-
mont dame de compagnie de lady Byron.

fait peu d'honneur. Heureusement, il a laissé
aussi à la postérité un plus noble monument
de ses regrets, dans l'élégie touchante de ses
adieux, qui faisait dire à madame de Staël :
« Je voudrais avoir été malheureuse comme
lady Byron, et avoir inspiré à son époux les
vers qu'il a faits pour elle. [1] »

 « Adieu ! et si c'est pour toujours, pour
« toujours encore adieu ! Tu refuses en vain
« de me pardonner ; jamais mon cœur ne se
« révoltera contre toi. Que ne peut-il s'ouvrir
« à tes yeux, ce cœur sur lequel tu as si sou-
« vent reposé ta tête, alors que tu goûtais ce
« paisible sommeil que tu ne connaîtras plus !
« Que ne peut-il te dévoiler ses plus secrètes
« pensées ! Peut-être avouerais-tu enfin qu'il
« y eut de l'injustice à le mépriser ainsi !

 « Nous vivrons éloignés, chaque jour nous
« réveillera sur une couche veuve et solitaire.
« Quand tu voudras te consoler avec ta fille ;
« quand ses premiers accents frapperont ton
« oreille, lui apprendras-tu à dire : « Mon

---

[1] Lord Byron avoue dans les *conversations*, s'être une
fois emporté contre sa femme. Un jour qu'il avait de l'humeur lady Byron, s'approchant, lui demanda: *Byron am I in
your way* ; Byron est-ce que je vous gêne... — *Damnably.*
— Diablement, répondit-il (*damnablement.*) » Il faut avouer
que ce tort serait bien léger s'il était seul ; car il peut arriver aux meilleurs maris du monde d'avoir de l'humeur et

« père ! » quoiqu'elle ne doive jamais recevoir
« ses caresses ! Quand ses petites mains te
« presseront, quand ses lèvres iront chercher
« les tiennes, pense à celui qui fera toujours
« des vœux pour ton bonheur... Et si les traits
« de notre enfant ressemblent à ceux de l'é-
« poux que tu ne dois plus revoir, ton cœur
« fidèle encore palpitera pour moi !.... »

Le début du troisième chant de Childe-
Harold et les stances qui le terminent attestent aussi l'inconsolable douleur d'un poète
condamné, si jeune encore, à pleurer sa
femme vivante et sa fille qui grandit sans connaître son père.

I.

« Ressembleras-tu à ta mère, ô ma tendre
« enfant, Ada, seule fille de mon cœur, seul
« espoir de ma maison ! Lorsque je contem-
« plai pour la dernière fois l'azur de tes yeux

---

de brusquer leurs femmes. Lord Byron reproche à la sienne
dans le *Don Juan* et les *Conversations* quelques ridicules.
Elle avait entr'autres, à ses yeux, celui de faire le bel-es-
prit. (Nous avons traduit deux pièces de vers de lady Byron dans les *Mélanges.*) Elle se faisait aussi des idées d'a-
vance sur les gens et ne revenait jamais sur ce qu'elle avait
dit. Si jamais les *Mémoires* paraissent, malgré M. Moore et la
famille de Byron, on y trouvera la véritable explication de
tous ces désordres domestiques dont Byron riait et gémis-
sait tour à tour.

« célestes, je reçus ton doux sourire et te dis
« adieu... Je m'éloigne encore de toi...; mais
« aujourd'hui c'est sans espérance.... »

CVI.

« O ma fille! ce chant commença avec ton
« nom; c'est encore avec ton nom, chère
« Ada, que je le terminerai. Je ne puis te voir
« ni t'entendre; mais jamais père ne s'identifia
« comme moi avec sa fille. Tu seras l'amie qui
« consolera mon ombre après la fuite des
« années. Tu ne dois jamais revoir les traits
« de ton père; mais ma voix retentira dans
« tes rêves à venir, et parviendra jusqu'à ton
« cœur, lorsque le mien sera glacé par la
« mort. Tu entendras encore cette voix pa-
« ternelle s'échapper de ma tombe pour te
« parler de mon amour. »

CXVI.

« Développer ta jeune intelligence, épier
« ton premier sourire, suivre les progrès de
« ton enfance, te voir comprendre peu à peu
« les objets qui sont encore des merveilles
« pour toi, te bercer légèrement sur mes ge-
« noux, et imprimer sur tes lèvres le baiser
« d'un père; sans doute que ces tendres soins
« n'étaient point faits pour moi... Hélas! ils

« auraient charmé mon cœur... au milieu des
« malheurs qui l'affligent, je sens une émo-
« tion vague et indéfinissable, mais que je
« crois reconnaître pour l'expression de ce
« besoin. »

CXVII.

« Ah! quand même la haine te serait pre-
« scrite comme un devoir, tout m'assure que
« tu m'aimeras; en vain te serait-il défendu
« de prononcer mon nom comme s'il était un
« de ces mots sinistres, présage de malheur
« et de honte, tout me dit que tu m'aimeras
« encore après que la mort nous aura séparés;
« en vain voudrait-on exprimer de tes veines
« tout le sang que te transmit ton père, tu
« tiendrais à ce sang plus qu'à la vie, et tu ne
« pourrais cesser de m'aimer. »

CXVIII.

« Enfant de l'amour, tu naquis cependant
« au milieu des transes de la douleur, et tu
« fus nourrie d'amertune; tels furent les élé-
« ments du cœur de ton père, et tels sont
« aussi les tiens; mais le feu qui entretient ta
« vie sera plus tempéré, et l'espérance embel-
« lira tes jours. Paix au berceau où ton en-
« fance repose! Des plaines de la mer et de la

« cime des monts, qui sont tour à tour mon
« asyle, je voudrais t'envoyer toutes les béné-
« dictions que tu aurais appelées sur ton père,
« s'il avait pu rester toujours auprès de toi. »

Le noble exilé traversa rapidement la France
pour visiter le théâtre de la dernière guerre,
où ses rivaux, sir W. Scott[1] et Southey[2], étaient
comme lui, allés chercher des inspirations
moins heureuses que les siennes quoique plus
nationales. De la Belgique, lord Byron se rendit à Coblentz, suivit le Rhin jusqu'à Bâle, et
de Bâle vint à Clarens, sur le lac de Genève,
par Soleure et Morat; la pyramide d'ossements, terrible trophée de la défaite des Bour-
guignons en 1476, existait encore en partie
dans ce dernier lieu. L'auteur de Childe-
Harold s'empara de quelques débris de ce
monument, pour les conserver, dit-il, avec
soin. Il s'indigna de voir les postillons suisses
enlever comme lui ces gages de la victoire de
leurs ancêtres, mais pour des usages plus pro-
fanes : ces ossements, blanchis par trois siècles, servaient à faire des manches de cou-
teau! Ce fait nous rappelle la description du
champ de Waterloo, par le romancier-histo-
rien qui y vit la dépouille de nos braves,

[1] La bataille de Waterloo, poème.
[2] Pélérinage du poète à Waterloo.

mise aussi à prix d'argent pour aller orner le cabinet de l'antiquaire, ou figurer parmi les ustensiles grossiers du paysan et du soldat montagnard [1].

Clarens, terre classique pour les enthousiastes de Rousseau, fut quelque temps la résidence du poète dont l'imagination y évoqua plusieurs fois les ombres de Saint-Preux et de Julie. Le même sentiment qui lui avait fait traverser à la nage le détroit d'Abydos, lui fit parcourir le lac de Genève.

« J'eus le bonheur, nous dit-il de me rendre de la Meillerie à Saint-Gingo, par un temps d'orage qui ajoutait à l'impression de tous les objets environnants, malgré le danger que courait notre petit bateau. Grâces à un hasard que je ne regrettai pas, nous étions dans cette partie du lac où Rousseau amena le bateau de Saint-Preux et de madame Wolmar, pendant une tempête. En abordant à Saint-Gingo, nous trouvâmes que la violence du vent avait abattu quelques vieux châtaigniers au pied des montagnes. C'est sur la hauteur que s'élève une habitation appelée le Château de Clarens. Les coteaux sont couverts de vignobles, entrecoupés de quelques char-

[1] *Lettres de Paul.* Sir W. Scott a vu une cuirasse *de la Garde* employée comme marmite par un montagnard.

mants bocages, dont l'un était jadis appelé le
bosquet de Julie, et en conserve le nom. Ce
nom lui survit depuis que le brutal égoïsme
des misérables frelons d'une superstition
odieuse, a remplacé par des ceps de vigne cet
ombrage sacré. Rousseau n'a pas été heureux
dans la conservation des localités où il avait
placé les créations de son génie. Le prieur du
grand Saint-Bernard a détruit une partie de
ses arbres pour garnir son cellier de quelques
tonneaux de plus, et Buonaparte applanit une
partie des rochers de la Meillerie, pour amé-
liorer la route du Simplon. La route est excel-
lente; mais je ne puis applaudir à la remarque
que j'entendis faire[1] : que « *la route vaut mieux
que les souvenirs.* » Nous sommes fâchés que
cet enthousiame pour Rousseau ait mis dans
la bouche de lord Byron des paroles si sévères
contre ces pieux cénobites qui ont choisi un
poste aussi périlleux pour remplir les saints
devoirs de la charité évangélique. Les moines
de l'abbaye de Newstead, que ses ancêtres
chassèrent de leurs possessions, étaient peut-
être des frelons dans la ruche; mais la révolution elle-même respecta l'asyle de ceux qui
ont même su, pourrait-on dire, enflammer de
leur zèle de charité ces animaux dociles et sa-

[1] Par M. Rocca, le mari anonyme de madame de Staël.

gacieux, compagnons de leurs périls. Peut-être
la Nouvelle Héloïse était-elle d'ailleurs ignorée des religieux de l'hospice : mais leur dévouement vaut toute la science des ministres
anglicans. Il est vrai que Byron n'a jamais nou
plus été dupe de la prétendue moralité de
ceux-ci.

Malheureusement lord Byron fut presque
complice d'un autre outrage adressé à ces
bons pères. Lorsqu'il visita le prieur de Saint-
Bernard, à Chamouny, avec quelques-uns de
ses compatriotes, on leur présenta l'album
du couvent pour y inscrire leurs noms, et
Percy Bysshe Shelley¹, ami particulier de sa
seigneurie, ajouta au sien, en caractères grecs,
l'audacieuse épithète d'Aθεος, ATHÉE.

Ce fut Southey qui dénonça le premier ce
blasphème que les moines, simples comme
les Apôtres, n'avaient pas encore compris.

De Clarens, lord Byron fit des excursions
dans toute la Suisse : les caprices de son humeur apprirent bientôt aux Genevois qu'ils
avaient parmi eux un poète non moins bizarre
que le fut jadis le malheureux auteur d'Émile.
On prétend que lord Byron désertait tout-à-
coup sa maison, oubliant qu'il avait des hôtes
invités par lui-même ; une autre fois, au mi-

¹ Auteur de *la reine Mab*, de *Prométhée*, etc.

lieu d'un cercle, le contact des hommes l'ef-
farouchait soudain, et il disparaissait pour ne
plus revenir [1].

Il trouva cependant à Coppet une âme qui
sut comprendre la sienne. Le souvenir de
l'hospitalité qu'il reçut de madame de Staël,
ne l'a jamais quitté. Plusieurs fois il a exprimé
tout son enthousiasme pour celle qu'il associe
aux plus grands noms.

« Au milieu des tableaux sublimes du lac
« Léman, dit-il, mon plus grand bonheur fut
« de pouvoir y admirer les aimables vertus
« de l'incomparable Corinne [2]. »

---

[1] MM. Pictet et Bonsteten étaient les Genevois qu'il voyait
les plus souvent. Il trouvait d'ailleurs à la société Gene-
voise le ridicule du pédantisme et appelait Genève la *ville-
bas-bleu.*

[2] Corinne n'est pas restée en arrière dans son admiration
pour le poète. « Le piquant, l'originalité, l'imagination,
voilà ce qui lui plaisait avant tout, dit madame de Necker
de Saussure, voilà ce qui donnait de l'élan à son esprit, des
ailes à son génie.

..... Voilà pourquoi certains auteurs étrangers l'en-
chantaient si fort. Lord Byron en particulier avait pour
elle une valeur inépuisable. Il mettait en jeu toute son imagination, et elle écrivait de nouveau sur les conceptions
de ce poète. *Convenez que votre Richard Cœur-de-Lion sera
un Lara,* lui dis-je une fois. *Peut-être,* me répondit-elle en
souriant; *mais je vous promets que personne au monde ne
s'en doutera.* En effet, elle n'a jamais rien imité, mais des

On ne sera pas fâché sans doute de connaître quelles furent les premières impressions de lord Byron, quand le sublime spectacle de la Suisse s'offrit à ses regards. L'extrait de son journal que l'on va lire n'est que le croquis d'un de ces riches paysages si brillants dans ses vers; mais l'on aime à mettre les ébauches des grands peintres à côté des tableaux dont leur pinceau a depuis disposé les groupes et coloré les images [1].

« Septembre 22, 1816. — Parti de Thunn dans un bateau qui nous a fait traverser le lac en trois heures; le lac peu étendu, mais les rives belles; rochers jusqu'à l'extrême plage. — Débarqué à Newhouse; passé Interlachen; — succession de sites au-dessus de toute description; — inscription sur un rocher: deux frères; l'un assassina l'autre; — juste le lieu pour un tel crime. — Après une variété de détours, arrivé à un énorme rocher au pied de la montagne (le Jungfrau:) — Glaciers.

germes inaperçus se développaient chez elle sous une forme originale, etc., etc. »

« Réné, l'épisode de Velleda dans *les Martyrs*, la scène de l'enterrement dans *l'Antiquaire*, et les premiers poèmes de lord Byron, lui ont causé des émotions inexprimables et ont pour un temps renouvelé son existence. »

(*Notice sur les écrits et le caractère de madame de Staël.*)

[1] Voyez Manfred sur le Jungfrau.

4

— Torrents; l'un de ceux-ci forme une chute
visible de neuf cents pieds. — Halte chez le
curé. — Parti pour voir la vallée. — Entendu
une avalanche tomber comme le tonnerre. —
Glaciers, énormes. — Orage. — Tonnerre,
éclairs, grêle. — Spectacle d'une beauté par-
faite. — Le torrent bondissant sur les rochers
ressemblait aux crins flottants d'un grand
coursier blanc, — tel qu'on se figure le cheval pâle sur lequel est montée la Mort dans
l'Apocalypse. — Ce n'est ni vapeur ni eau,
mais quelque chose entre les deux. — L'immense hauteur lui donne une ondulation, ici
plus étendue, là plus condensée; — effet merveilleux impossible à décrire.

« Septembre 23. — Gravi le Wringen. La
Dent d'argent, brillait d'un côté, comme la
vertu; de l'autre s'élevaient les nuages du val-
lon tournant sur eux-mêmes en précipices
perpendiculaires, tels que l'écume de l'Océan
des enfers pendant la marée haute. — C'était
un abyme blanc et couleur de soufre d'une
incommensurable profondeur en apparence.
Le côté par lequel nous gravîmes n'était pas
si effrayant; mais, parvenus au sommet, nos
yeux dominèrent une mer de vapeurs qui se
brisait contre le roc sur lequel nous étions.

« Arrivé au Grindelwald; — montés à pieds
jusqu'au plus haut glacier. — Crépuscule. —

Mais clarté distincte et très-belle. — Glacier
semblable à une tempête glacée. — Lumière
des étoiles admirable. — Tout ce jour a été
aussi beau que celui où le paradis fut créé. —
Traversé des bois entiers de pins flétris. —
Flétris entièrement. — Troncs sans feuille et
sans vie; effet d'un seul hiver! etc. »

Mais tout le charme de ces lieux ne put fixer
long-temps l'esprit inquiet du noble lord, qui
descendit des Alpes dans la belle Italie.

Privée peut-être pour toujours de revoir
le poète, l'Angleterre reçut avec plus d'enthousiasme encore les productions de son
exil volontaire. La *Monodie de Sheridan* fut
accueillie avec acclamation au théâtre; mais
le *Prisonnier de Chillon* fut lu et relu avec
transport dans la solitude comme la plus pure
de toutes ses conceptions. Ce poème moins
pompeux, moins riche d'images que ceux qui
l'avaient précédé, respire la simplicité touchante du poète des lacs [2], quand son ame
contemplative se complaît dans la mélancolie
et les sentiments tendres.

La mort du plus jeune des martys, les émo-

---

[1] Écrit avant sa mort.

[2] Wordsworth dont nous parlons longuement dans notre
voyage en Angleterre. *Ruth*, *Michel*, *les deux Frères*, et
quelques épisodes de l'excursion, justifient ce rapprochement.

tions de celui qui survit, l'épisode de l'oiseau
que son imagination lui fait prendre d'abord
pour l'ame du dernier de ses frères; le moment où il peut jeter un regard sur le lac et
les montagnes, la fin de sa captivité, tout
dans le Prisonnier de Chillon appelle puissamment la sympathie des lecteurs.

Ce fut aussi de la Suisse que lord Byron
envoya à Londres la continuation de Childe-
Harold.

Ce troisième chant reproduit avec plus d'o-
riginalité encore la poésie énergique des deux
premiers. Mais ici lord Byron, rival encore de
Wordsworth, a ouvert son ame avec plus
d'abandon aux inspirations de la nature; il
est sublime comme elle dans la partie des-
criptive du *Pèlerinage*. Ici Harold paraît
moins souvent et Byron davantage. Il nous
conduit dans des lieux qui nous intéressent
par leur association avec l'histoire de nos
jours; au nom de Waterloo l'Europe tressaille!
C'est pour verser des larmes sur la tombe
d'un ami, c'est pour expier par cet hommage
une injure faite à son père, que lord Byron est
venu visiter cette plaine, « tombeau de la
« France, et fouler aux pieds la poussière
« d'un empire. » Ce n'est point la bataille
qu'il nous décrit comme le barde d'Écosse ou
comme le Lauréat; il nous dépeint Bruxelles

au milieu d'une fête au moment où le canon
fait retentir son sinistre signal ; il nous trans-
porte tout-à-coup au soir du terrible jour,
lorsqu'il n'existe plus un seul de ces officiers
qui naguère n'étaient occupés qu'à jouir du
bal et à conquérir les cœurs de la beauté ;
enfin, traversant un plus grand intervalle, il
nous montre les moissons fécondées par la
pluie de sang de la guerre, et le tableau de
cette abondance et de ce calme nous fait vivement sentir combien nos plus grands débats
sont peu de chose en présence du pouvoir
de la nature qui en efface bientôt jusqu'aux
moindres vestiges.

Le principal acteur du grand spectacle
dont Waterloo fut témoin n'est pas oublié :
« C'est là que l'aigle prit son dernier essor et
fondit sur ses ennemis ; mais la flèche des
nations abat soudain l'oiseau orgueilleux qui
traine après lui quelques anneaux brisés de
la chaîne du monde. » Considérant les grands
événements de 1815 comme homme et non
comme Anglais, lord Byron s'est attiré le reproche d'avoir voulu flétrir la gloire de sa patrie.
Il n'a pas même daigné nommer le général que
l'Angleterre appelle son Turenne ; Byron n'a
jamais vu dans ce général qu'une intelligence
bornée ; mais, d'ailleurs, à ses yeux il a ici le
tort d'être un ministre d'oppression. Admira-

teur des lauriers cueillis à Marathon, et du trophée élevé à la liberté helvétique dans les champs de Morat, le poète n'a vu dans les vainqueurs de Waterloo que des esclaves stipendiés, combattant contre un usurpateur pour consolider la tyrannie de leurs maîtres. De Waterloo, Byron pensait se rendre à Paris; « mais la *Sainte alliance* y était, dit-il, je ne m'y serais pas trouvé à l'aise. »

Le poète dit adieu au théâtre des combats pour contempler le tableau de la nature; il s'égare sur les bords du Rhin, et nous fait admirer ce fleuve imposant et les lieux enchanteurs qu'il arrose; l'onde qui se déroule entre des coteaux chers au dieu du nectar, les riants vallons, le vert feuillage des arbres, les rochers, les villes éparses; « et surtout ces châteaux solitaires qui semblent dire tristement adieu au voyageur : le lierre tapisse leurs murs grisâtres : leurs ruines sont revêtues d'un manteau de verdure. » Après avoir salué la tombe de notre brave Marceau, « champion désintéressé de la liberté[1], » et les plaines glorieuses de Morat, le poète s'enfonce dans les Alpes pour y chercher un spectacle plus sauvage et plus conforme aux goûts de celui

[1] Il avait conservé dit-il la candeur de son âme et les hommes pleurèrent sur lui. »

qui se réfugie dans la solitude, « pour y ré-
veiller dans son ame des pensées oubliées un
moment, mais toujours chéries. »

Férney et Lausanne lui rappellent Voltaire
et Gibbon, qui obtiennent tous deux l'hommage de sa muse; mais c'est surtout le souvenir de Rousseau qui l'inspire à Clarens, à Ve-
vay, à la Meillerie, et dans tous les lieux con-
sacrés par la *Nouvelle Héloïse.* Après y avoir
mêlé la voix de ses douleurs aux mugissements
d'une tempête, il se calme avec la nature.

« Limpide Léman! le contraste de ton lac
« paisible avec le monde orageux au milieu
« duquel j'ai vécu, m'avertit d'abandonner
« les vagues de la terre pour une onde plus
« pure. La voile de la nacelle dans laquelle je
« parcours la surface polie semble une aile si-
« lencieuse qui me détache d'une vie bruyante;
« j'aimais jadis les mugissements de l'Océan
« furieux; mais ton doux murmure m'attendrit
« comme la voix d'une sœur qui me reproche-
« rait d'avoir trop aimé de sauvages plaisirs. »

Tels sont les principaux traits du troisième
chant de ce voyage poétique dont l'Italie doit
fournir les derniers tableaux. Mais en suivant
l'ordre des dates il nous faut d'abord parler
du poème dramatique de *Manfred,* dont l'action se passe dans les majestueuses solitudes
des Alpes.

Le fameux Goëthe trop grand pour être jaloux d'aucune gloire contemporaine, a peut-être eu tort de réclamer dans un journal d'Allemagne l'idée originale de *Manfred.* Lord Byron a répondu en dédiant sa dernière tragédie à l'auteur de *Faust.* La prétention de Goëthe semble d'autant plus extraordinaire qu'un auteur anglais[1] a été évidemment mis à contribution par lui pour le sujet et pour plusieurs détails de son drame bizarre. On trouve entre autres dans la tragédie de Marlowe l'apparition d'Hélène de Troie, et les vers que lui adresse l'amoureux sorcier prouvent, avec beaucoup d'autres passages, que ce contemporain de Shakspeare mérite d'être lu par les poètes :

« Est-ce là celle pour qui mille vaisseaux couvrirent la mer, et qui fut cause de l'incendie de cette Ilion dont les tours se perdaient dans les nues ? Tendre Hélène, rends-moi immortel par un baiser ! — Tes lèvres attirent toute mon âme ! Viens, Hélène, je ne saurais plus m'éloigner de toi. — Le ciel lui-même est sur tes lèvres ; tout ce qui n'est pas Hélène n'est que méprisable. Oh ! tu es plus belle que le soir d'un jour pur paré de la

---

[1] *The tragical history of doctor Faust by Marlowe.*

beauté de mille étoiles; tu es plus aimable que le monarque des cieux dans les bras de la voluptueuse Aréthuse. »

Mais ni dans le *Faust* de Marlowe, ni dans celui de Goëthe, on ne trouve rien qui puisse ravir à *Manfred* le mérite de l'originalité. Nous pencherions plutôt vers l'opinion des critiques à qui le Prométhée d'Eschyle a paru un modèle plus direct de ce poème.

Marlowe, Goëthe et Byron ont conçu la même idée des communications de l'homme avec le monde invisible; mais Byron seul l'a traitée d'une manière sérieuse et solennelle. Marlowe et Goëthe en ont plus souvent tiré des scènes burlesques. Leur Faust possède de grands attributs; mais il n'y a qu'indécision et inconstance dans son ame. Il est souvent en contradiction avec lui-même, parce qu'il a conservé le cœur d'un enthousiaste avec la tête d'un sceptique. S'il aspire au sublime c'est pour redevenir bientôt, dans ses opinions et ses actes coupables, l'instrument docile et vil quelquefois de Méphistophélès. Le caractère de Manfred est plus fier, plus grand, plus tragique. Sa dignité n'est jamais compromise. Il ne reconnaît d'autre puissance supérieure que celle de son implacable remords.

Rien n'est plus terrible que la lutte de cette noble intelligence contre ses propres pen-

sées; elle n'a été douée d'une énergie surnaturelle que pour être capable de souffrir davantage et de souffrir plus long-temps. Son
désespoir ressemble à un véritable suicide de
l'ame:

Ces deux pièces ne diffèrent pas moins par
le plan, les détails, et surtout par les impressions qu'elles laissent.

Quant à l'action, elle est à peu près nulle
dans *Manfred*, parce que tout se rapporte à
un seul caractère qui n'est en présence que de
ses souvenirs et des fantômes qu'il évoque;
le critique Jeffrey remarque que ces personnages du monde immatériel ne sont guère
qu'une espèce de chœur; Manfred est réellement le seul acteur; et ses souffrances sont
toute la pièce. Je ne sais si l'on admettra l'a-
pologie de l'obscurité de cette production
originale. Cette obscurité, selon Jeffrey, fait
partie de sa grandeur; et le lointain vaporeux
dans lequel se perdent certains événements,
a été habilement imaginé pour ajouter à la
majesté des premiers plans du tableau, ac-
croître la curiosité, et inspirer une mystérieuse terreur.

Nous admirerons plus volontiers avec le
même critique la magie poétique par laquelle
lord Byron a su personnifier de véritables
abstractions métaphysiques et ces existences

merveilleuses qui rappellent les créations de Prospero [1].

Dans *Manfred* lord Byron donne des formes visibles à ses sentiments, à ses idées, pour pouvoir mieux les saisir et les contempler dans son enthousiasme. La nature inanimée ne suffit plus à la passion exaltée de son ame : la fée des Alpes, qui semble une émanation de l'écume lumineuse de la cataracte, est un de ces symboles poétiques dignes de rivaliser avec les évocations brillantes de la mythologie de l'Orient.

Mais ce qui frappe surtout dans *Manfred*, c'est l'hommage rendu à cette existence supérieure, proclamée par le vénérable abbé de Saint-Maurice, fort de sa foi et de sa charité. On a cru y reconnaître une tendance au manichéisme ; mais le triomphe du bon principe est un aveu précieux pour la morale et la religion.

Il était permis de se flatter que l'ame du poète, écartant peu à peu les images dont elle avait jusqu'alors été enveloppée, se montrerait avec une majesté moins sombre. Ce n'est plus ici une aveugle fatalité qui a précipité le héros dans le malheur et le crime ; mais l'abus des dons précieux de son intelligence, l'égare-

[1] *Shakspeare.* La Tempête.

ment de ses passions; et l'orgueil surtout,
qui perdit les anges. Lord Byron reconnaît
des devoirs tracés à l'homme, des limites
qu'il lui était défendu de franchir. Comme
notre premier père, Manfred a osé dérober
les fruits de l'arbre de la science. Son désespoir est criminel, mais on sent que cette ame
puissante pourrait encore redevenir digne de
sa céleste origine.

Yet shall reascend,
Self raised, and repossess its native seat [1]

Manfred est puni dans ce qu'il aime; l'incertitude du bonheur d'Astarté fait son plus
grand malheur, et quand il revoit son ombre,
il la supplie de lui dire qu'elle jouit de la
céleste félicité.

Say. . . . . . That I do bear
The punishment for both — That thou wilt be
One of the blessed. [2]

L'apparition de cette ombre bien-aimée

[1] « Elle saura se relever elle-même et reprendre possession de sa céleste patrie. »
[2] « Dis-moi que je suis puni pour toi et pour moi, et que
tu feras partie du chœur des bienheureux. »

est conçue avec le même sentiment religieux. Cette victime si jeune, si belle, moins coupable qu'égarée, ne se montre à nous que pour nous révéler la mort, la justice divine, et l'éternité.

Goëthe a composé son *Faust* en pensant aux universités allemandes; il lui est resté quelque chose de la poussière des bancs de l'école : son drame est plus remarquable par le caractère de Méphistophèles que par celui de Faust lui-même qui, tel qu'il est cependant, a bien aussi son originalité. Manfred est né, dans la solitude, au milieu des glaciers et des rochers de la Suisse : il a presque oublié les hommes. A force de s'identifier avec les scènes sublimes qu'il a devant les yeux, à force de vivre avec ses pensées ou avec les esprits, il ressemble à une de ces hautes montagnes, superbe, dominant tout ce qu'elle entoure, mais isolée et triste dans sa grandeur.

On aurait pu croire en voyant bientôt *Beppo* succéder à *Manfred,* que le génie de Byron allait se rappetisser en Italie; mais toute la solennité et toute la grandeur de ce génie devait briller encore dans le quatrième chant de *Childe-Harold*, terminé à Rome, et dédié à Hobhouse, qui était venu rejoindre son noble ami à Venise, pour parcourir avec lui la patrie du Dante et de l'Arioste.

Ce quatrième chant offre les mêmes défauts que les précédents ; absence presque conti- nuelle de transitions , idées vagues, incohé- rentes , et quelquefois d'une obscurité impé- nétrable; mais des sentiments vifs et généreux, la puissance de la pensée réunie à la magie du style , émeuvent et enchaînent l'ame du lec- teur. Qui n'y admirerait les lamentations sur Venise, les rêveries qu'excitent dans le cœur du poète la tombe de Pétrarque, l'hommage qu'il rend au Tasse, au Dante, à l'Arioste, à tous les grands poètes de l'italie; son enthou- siasme pour les chefs-d'œuvre de l'art dans Florence et dans Rome ; le contraste de la sanglante bataille dont Thrasymène fut té- moin, et du paysage charmant qu'offre au- jourd'hui ce lac argenté; les horreurs de la cascade de Vélino, l'imposante énumération des montagnes qu'a visitées le pélerin, la de- scription des grands monuments et des ruines de la ville éternelle, l'apostrophe terrible et pathétique à Némésis, près du temple des Fu- ries, l'éloge funèbre de la princesse Charlotte, et ses adieux solennels à l'Océan ; enfin la plus grande partie de ce chant est bien digne de l'enthousiasme qu'il a excité! Mais c'est surtout quand le noble pélerin s'approche de la ville éternelle que l'on s'attend à de solen- nelles révélations de sa muse. Ici chaque

pierre est un monument. Ce qui n'est plus
que ruine est aussi sublime que ce qui a résisté
aux ravages des siècles pour attester les grandes destinées du peuple-roi. La Grèce elle-
même, avec toutes ses grâces naturelles et le
cortége de ses illustrations, le cède en majesté
à ce qui reste de Rome antique; son nom règne encore au loin sur les esprits des hommes, et, à l'aspect de ses augustes remparts,
l'ame la plus froide éprouve « un sentiment
romain; » c'est ici qu'elle conçoit le patriotisme converti en passion, et le génie lui-
même moins fier de sa gloire individuelle que
de sa patrie. Quand à ce premier enthousiasme
succède la tristesse que fait naître l'abaisse-
ment de cette reine déchue, il y a encore de
grandes pensées dans cette nouvelle émotion.
En errant parmi ces décombres sacrés, on
sent que la langue des hommes n'a pas de paroles assez imposantes pour exprimer le deuil
du Capitole. Les gigantesques images qu'évoque le poète n'ont rien d'exagéré. Sa poésie
est en harmonie avec le sublime spectacle qui
l'entoure : C'est une intelligence supérieure
qui récite l'hymne des douleurs de Rome :

« La Niobé des nations est devant vous privée de ses enfants et de ses couronnes, sans
voix pour dire ses infortunes ! Ses mains flé-
tries portent une urne vide dont la poussière

sacrée est dispersée depuis long-temps. Le
monument de Scipion ne contient plus ses
cendres. Oui, les mausolées ne sont plus la
demeure des héros. Peux-tu couler, antique
fleuve du Tibre, près de ces déserts de marbre ; soulève tes flots jaunâtres pour en cou-
vrir comme d'un manteau les affronts de
Rome! »

Ici se termine la série des principaux ouvrages sur lesquels principalement est fondée la
renommée de lord Byron en Angleterre et en
Europe. La plupart de ceux que nous allons
examiner sont le résultat d'une autre système,
d'un autre direction de sentiments et d'i-
dées. Quelques reproches que le goût et la
morale puissent adresser aux premières créations de sa muse, il y a tant d'éclat et de force
dans ses rêveries les plus irrégulières, tant de
solennité dans ses plaintes contre le sort et la
société, qu'on ne désespérait pas de le voir
enfin revenir à des principes plus purs, à des
croyances plus consolantes.

> *His form had not yet lost*
> *All his original brightness, nor appeared*
> *Less than archangel ruined.*
>   (MILTON, *Paradise Lost.*)

« Son aspect n'avait pas encore perdu toute sa splendeur divine, il était encore un archange, quoique déchu. »

Son scepticisme n'était point encore une froide raillerie. Il n'y a ni philosophie, ni charité, disions-nous avec ses admirateurs, dans ces condamnations amères et sans appel qu'on prodigue si souvent à la disposition involontaire d'une ame qui flotte dans le doute. Hélas! les ombres et les spectres qui assiégent l'imagination de Byron n'ont-ils donc jamais troublé la nôtre? Ne soyons pas aveugles aux éclairs fréquents qui percent les ténèbres dont il est entouré. Reconnaissons que la sublime tristesse que lui inspirent les mystères de l'existence mortelle, est toujours mêlée à un désir de l'immortalité et exprimée dans un langage digne du ciel [1].

[1] Notice de la II⁰ édit. de cette traduction. Nous reproduirons ici les vers de M. de La Martine. Ce jeune poète qui a eu aussi des jours de doute, comme le prouve sa méditation *du Désespoir*, a imité souvent avec bonheur la manière et des passages de lord Byron. On reconnaîtra aussi des vers de Milton cités tout à l'heure. C'est à l'auteur de Childe-Harold que M. de La Martine adresse cette apostrophe :

Toi, dont le monde encore ignore de vrai nom,
Esprit mystérieux, mortel, ange, démon,
Qui que tu sois, Byron, bon ou mauvais génie,
J'aime de tes concerts la sauvage harmonie,
Comme j'aime le bruit de la foudre et des vents,
Se mêlant dans l'orage à la voix des torrents.
La nuit est ton séjour, l'horreur est ton domaine;

4.

Mais il semblerait que le noble poète se
lasse de la dignité de sa muse et de ses éloquentes douleurs. Dans les ouvrages sérieux
qui ont succédé à l'Odyssée de Childe-Harold,
il cesse de prêter ses propres sentiments à son
héros ; ce n'est plus que dans le satirique badinage, auquel s'exerce sa verve facile, qu'on
retrouve encore son individualité : et là le ré-

L'aigle, roi des déserts, dédaigne ainsi la plaine ;
Il ne veut, comme toi, que des rocs escarpés
Que l'hiver a blanchis, que la foudre a frappés,
Des rivages couverts des débris du naufrage,
Ou des champs tout noircis des restes du carnage ;
Et tandis que l'oiseau qui chante ses douleurs
Bâtit au bord des eaux son nid parmi les fleurs,
Lui des sommets d'Athos franchit l'horrible cime,
Suspend aux flancs des monts son aire sur l'abîme ;
Et là, seul, entouré de membres palpitants,
De rochers, de sang noir sans cesse dégouttants,
Trouvant sa volupté dans les cris de sa proie,
Bercé par les tempêtes il s'endort dans sa joie.
Et toi, Byron, semblable à ce brigand des airs,
Les cris du désespoir sont tes plus doux concerts,
Le mal est ton spectacle et l'homme est ta victime.
Ton œil, comme Satan, a mesuré l'abîme ;
Et ton ame y plongeant loin du jour et de Dieu,
A dit à l'espérance un éternel adieu.
Comme lui maintenant régnant dans les ténèbres,
Ton génie invincible éclate en chants funèbres.
Il triomphe, et ta voix, sur un mode infernal,
Chante l'hymne de gloire au sombre dieu du mal.

. . . .

. . . .

veur Harold a pris le masque d'Aristophane, livrant à la dérision Socrate aussi bien que les sophistes. S'il revêt parfois ses lugubres attributs, il en fait un costume de carnaval ; s'il tire encore de sa lyre de pathétiques accords, il les interrompt tout à coup par des airs de parodie. Plaignons-le de ne pouvoir dire,

Ah ! si jamais ton luth, amolli par tes pleurs,
Soupirait sous tes doigts l'hymne de tes douleurs,
Ou si, du sein profond des ombres éternelles,
Comme un ange tombé tu secouais tes ailes,
Et, prenant vers le jour un lumineux essor,
Parmi les chœurs sacrés tu t'asseyais encor;
Jamais, jamais l'écho de la céleste voûte,
Jamais, ces harpes d'or que Dieu lui-même écoute,
Jamais des séraphins les chœurs mélodieux
De plus divins accords ne raviraient les cieux!
Courage! enfant déchu d'une race divine,
Tu portes sur ton front ta superbe origine!
Tout homme en te voyant reconnaît dans tes yeux
Un rayon éclipsé de la splendeur des cieux!
Roi des champs immortels, reconnais-toi toi-même!
Laisse au fils de la nuit le doute et le blasphème;
Dédaigne un faux encens qu'on t'offre de si bas,
La gloire ne peut être où la vertu n'est pas.
Viens reprendre ton rang dans ta splendeur première,
Parmi ces purs enfants de gloire et de lumière,
Que d'un souffle choisi Dieu voulut animer,
Et qu'il fit pour chanter, pour croire et pour aimer.

(MÉDIT. POÉTIQUES.)

Depuis la mort de lord Byron M. de La Martine a osé ajouter un cinquième chant au *Pélérinage de Childe-Harold*, et lui seul peut-être parmi nos poètes avait droit de l'oser.

avec la candeur de Corinne : « Je n'ai jamais donné un ridicule à la plus petite vertu. » Hélas ! il pourrait répondre qu'il a vu l'homme et le monde tels qu'ils sont. Néanmoins, avant de louer tout ce qu'il y a encore de poésie et de vérité dans ce désenchantement , plaignons le poète d'avoir dédaigné la gloire sans reproche de son rival sir Walter Scott, qui, dans ses poèmes , comme dans ses romans , est à la fois écrivain moral et grand écrivain.

La rivalité de ces deux princes de la littérature anglaise moderne a souvent inspiré aux critiques des parallèles qui sont plutôt des oppositions. Comme nous l'avons déjà remarqué, dans les poèmes de lord Byron , le poète paraît toujours, et partout avec ses pensées, son caractère individuel; tout est chez lui déclamation , réflexion spontanée.

Dans sir Walter Scott [1], le poète disparaît complètement derière les héros et les événements.

Dans le premier un seul et même caractère revient sans cesse quoique la draperie soit changée ; et l'action peu importante est subordonnée au caractère. Dans l'autre , les

[1] Nous ne citons ici que W. Scott, poète ; car s'il entrait en lice avec le cortége des héros célébrés dans sa prose, quel rival, je ne dis pas en Angleterre mais en Europe, oserait se mesurer à un si terrible jouteur?

caractères sont diversifiés, l'action marche avec rapidité, mais avec ordre.

Sir Walter Scott aime à multiplier les héros, les images, et à les grouper avec art pour produire des effets analogues à ceux de la peinture ; lord Byron ne cherche que la simplicité et l'unité d'une création isolée ; ses héros sont seuls sur un piédestal, déployant leur force surnaturelle ou l'énergique et calme repos de leur douleur.

L'artiste qui voudrait reproduire la poésie de Scott serait donc obligé d'avoir recours à la magie du pinceau ; et, comme Moore l'a dit le premier, je crois, de lord Byron, l'artiste qui voudrait emprunter les figures de ses sombres histoires devrait s'armer du ciseau du sculpteur ou les jeter en bronze.

Lord Byron aime surtout à analyser l'ame de ses acteurs, et Scott, plus minutieux dans les costumes, laisse ses héros dévoiler eux-mêmes leur ame, ou se contente de les faire agir dans des événements réels.

Scott compte beaucoup sur le choix de son sujet ; Byron ne compte que sur lui-même.

Dans les descriptions Byron est plus passionné ; Scott plus pittoresque.

La poésie de Byron, comme celle de Scott, ressemble à une improvisation ; mais on dirait que Byron improvise à la fois et son su-

4.

jet et ses vers, tandis que Scott s'est d'abord
imposé un plan.

Aussi y a-t-il dans Byron plus de désordre
et d'obscurité, mais plus d'inspiration, plus
de profondeur, plus de force, et dans Scott
moins d'exagération, et moins de vague,
plus d'ensemble, de suite, et de clarté. Il
semble que l'un n'a produit que des ébauches,
ou des fragments; les poèmes nationaux de
l'autre sont déjà comme ses romans, des
narrations historiques, mais parées de ces
brillantes couleurs que le génie seul peut
donner à la réalité.

Que ne pouvons-nous du moins, pour le
bonheur de lord Byron, trouvant un rapprochement plus facile entre son existence privée et celle du barde d'Écosse, décrire ses
tranquilles loisirs dans l'antique manoir de ses
pères, où son cœur n'eût pas moins joui des
douceurs de la vie domestique que du bruit
de sa renommée! C'est toujours dans l'exil
que sa muse est condamnée à chercher ses
inspirations.

Il passa une partie de l'année 1816 à Milan; et là, il achevait le dernier chant du pélerinage de Childe Harold entre Monti, l'auteur de *la Basvigliana*, dernier héritier de la
lyre du Dante; et le poète plus tendre de
Francesca de Rimini, ce malheureux Pellico

qui a expié dans les cachots autrichiens son
imprudent amour de la liberté. C'est à Milan qu'il fut rencontré par un critique ingé-
nieux, mais quelquefois fantasque, qui tour
à tour loue en lui le poète éloquent, et blâme
le pair anglais. M. Beyle nous apprend « qu'il
eut le bonheur d'exciter sa curiosité en lui
donnant des détails personnels sur Napoléon,
et sur la retraite de Moscou, qui en 1816 n'é-
taient pas encore un lieu commun. Il cite surtout quelques promenades tête-à-tête dans
l'immense et solitaire foyer de la Scala : « Le
« grand homme, dit M. B., apparaissait une
« demi-heure chaque fois, et alors c'était la
« plus belle conversation que j'aie rencontrée
« de ma vie; un volcan d'idées neuves et de
« sentiments généreux, tellement mêlés en-
« semble qu'on croyait goûter ces sentiments
« pour la première fois. Le reste de la soirée
« était tellement *anglais* et *lord*, que je ne pus
« jamais me résoudre à accepter l'invitation
« d'aller dîner avec lui, qu'il renouvelait
« quelquefois. » J'avoue que sans aimer peut-
être extraordinairement les dîners en ville,
j'aurais passé, plus facilement que M. B., sur
les aspérités de l'*anglais* et du *lord* pour ac-
quérir à table un degré d'intimité de plus avec
le *grand homme*.

    « Au musée de Brera, continue M. B., j'ad-

« mirai la profondeur du sentiment avec la
« quelle ce grand poète comprenait les peintres
« les plus opposés : Raphaël, le Guerchin,
« Luini, le Titien. *Agar renvoyé par Abraham,*
« du Guerchin, l'électrisa; de ce moment l'ad-
« miration nous rendit tous muets; il impro-
« visa une heure, et mieux, suivant moi, que
« madame de Staël. » C'était dans ce moment
peut-être que Byron composait les strophes
du quatrième chant du pèlerinage où la poésie s'élève à la hauteur des chefs-d'œuvre de
la statuaire et de la peinture que Childe-Harold admire en Italie.

Encore une citation de M. B., qui croit
avec raison, selon nous, que le fond de mis-
antropie de Byron avait été aigri par la société anglaise. «Ses amis observaient que plus
« il vivait avec des Italiens, plus il devenait
« heureux et bon. Si l'on met l'humeur noire
« à la place des accès de colère puérile, l'on
« trouvera que le caractère de lord Byron
« avait les rapports les plus frappants avec ce-
« lui de Voltaire. » Nous étions arrivés à la
même conclusion par la simple lecture du
Don Juan.

Après la publication du dernier chant de
Childe-Harold, Venise et ses environs furent
pendant plus de deux années la résidence de
lord Byron. Sa demeure était une vieille ab-

baye entourée d'arbres sombres et sublimes.
Il allait assez souvent le soir à l'Opéra ; lord
Byron trouvait une ravissante poésie dans
l'heureuse alliance de la musique et de la langue italienne. Il aimait aussi à parcourir silen-
cieusement les lagunes dans une gondole, où il
excitait les rameurs à répéter encore les chants
presque oubliés du Tasse et l'Arioste [1]. Cependant, la « Rome de l'Océan » paraissait
peu convenable à ses habitudes ; passionné
comme Alfiéri pour l'exercice du cheval, c'était
un besoin pour lui de s'y livrer chaque jour
encore plus qu'à la nage [2]. Heureusement il
existe près de Venise un terrain sablonneux
de peu d'étendue, où lord Byron dressait ses
chevaux ; les Vénitiens, peu accoutumés à ce
spectacle, allaient souvent admirer son adresse. Le poète s'était aussi acquis des titres à
leur reconnaissance ; on raconte qu'un gondolier eut le malheur de voir sa maison de-
venir la proie d'une incendie. Lord Byron
s'empressa d'acheter le terrain. Une habitation plus commode que la première y fut bâtie
par ses ordres en peu de temps, et il fit dire
au gondolier qu'il pouvait retourner chez lui.

[1] Notes du quatrième chant de Childe-Harold.
[2] Nous avons cité déjà la lettre dans laquelle il rappelle
un de ses exploits dans l'Adriatique : les Vénitiens l'appelaient quelquefois *il pesce inglese* le poisson anglais.

On prétend aussi qu'une jeune fille, déso-
lée de ne pouvoir s'unir à celui qu'elle aimait,
faute d'une dot, trouva dans le noble étranger un bienfaiteur désintéressé. Nous citerons
tout à l'heure un trait du même genre qui nous
a été attesté en Angleterre, et que nous nous
ferons un plaisir et un devoir d'opposer aux
absurdes accusations dont on a essayé de
noircir son caractère à Venise comme ailleurs.

Lord Byron, aimable et gai avec ses
amis, évitait autant qu'il pouvait de nouvelles liaisons, et n'était pas toujours prêt à sa-
tisfaire une indiscrète curiosité. Le dépit
de ses compatriotes qui n'ont pu parvenir à être introduits chez lui, a seul ré-
pandu les fables de ses goûts dépravés. Lord
Byron a pu être parfois ce que les Anglais appellent un homme *excentrique* (un homme
fantasque et original); mais fallait-il en faire
un ogre cruel, comme on a souvent voulu le
représenter à l'Europe ? Nous avons cité quelques réflexions d'un critique français sur ce
caractère jugé de tant de manières. Voici ce
portrait un peu idéal qu'en a tracé la comtesse Albrizzi, qui a connu lord Byron à Venise.

« Il est à peu près inutile de s'arrêter long-
temps sur la beauté physique d'une tête dans
laquelle brillait l'expression d'un génie ex-

traordinaire. Quelle sérénité sur ce front où
se bouclaient les plus beaux cheveux châtains
disposés avec tant d'art, que l'art était caché
par une adroite imitation de la nature! Quelle
variété d'expression dans cet œil dont la couleur semblait un emprunt fait à l'azur des cieux!
Ses dents avaient la forme, la transparence
et la blancheur de véritables perles; mais le
pâle incarnat de ses joues avait peut-être une
nuance trop délicate. Son cou, qu'il laissait
découvert autant que l'usage du monde le lui
permettait, semblait avoir été formé dans un
moule antique, et il était d'ailleurs d'une extrême blancheur. Ses belles mains auraient
pu passer pour un chef-d'œuvre de l'art [1]. Sa
taille et son maintien ne laissaient rien à désirer, surtout à ceux qui voyaient moins un
défaut qu'une nouvelle grâce dans la légère
incertitude de sa démarche lorsqu'il entrait
dans un salon; incertitude dont on était rarement tenté de rechercher la cause, et qu'il
eût été difficile de deviner, grâce à l'ampleur
des pantalons qu'il avait soin de porter. On
ne l'a jamais vu marcher dans les rues de Venise, ou se promener à pied sur les rives dé-

[1] La comtesse Albrizzi aurait pu ajouter que Byron a dit quelque part que de belles mains sont des preuves d'*Aristocratie*.
                              A. P.

licieuses de la Brenta, où il venait passer quelques semaines de l'été; on a même dit que jamais il ne contempla autrement que du haut d'une fenêtre les merveilles de la place Saint-Marc, tant était puissant dans son cœur le désir de ne révéler aucune de ses imperfections corporelles. Toutefois je suis persuadée qu'il ne laissa pas de contempler souvent ces prodiges; mais ce fut à ces heures silencieuses où la paisible et douce lueur de la lune prête un nouveau charme à cette scène de magnificence[1].

« Tranquille, on pouvait comparer son visage à la mer, pendant une belle matinée du printemps. Mais, comme elle, il devenait tout-à-coup terrible et impétueux, si quelque passion, que dis-je une passion? si un mot, une idée, venaient agiter son ame. Ses yeux perdaient alors toute leur douceur; ils étincelaient tellement qu'il était presque impossible d'en soutenir les regards. On avait peine à croire une transition si rapide. L'orage était, à tout prendre, l'état naturel de cette ame violente et passionnée.

« Ce qui le ravissait un jour, il le prenait en dégoût le lendemain; s'il mettait une sorte

[1] Il faut être femme peut-être pour deviner ces secrets de coquetterie.   A. P.

de constance dans quelques habitudes, c'était pure insouciance ou dédain. Quelle qu'en fût la douceur, il ne s'y laissait pas asservir. Toutefois son cœur, doué d'une vive sensibilité, reconnaissait l'empire de la sympathie; mais son imagination, dans ses rêves trop brillants, désenchantaient d'avance la réalité. Dans sa superstition poétique, il croyait aux présages et se félicitait de partager cette faiblesse avec Napoléon.

« Il semble que l'éducation morale de Byron n'avait pas été aussi complète que son éducation intellectuelle, et qu'il ne reconnut jamais d'autre loi que ses instincts capricieux. Cependant, qui le croirait? cette ame si haute et si fière avait la timidité d'un enfant; cette disposition était même si manifeste, que, malgré la difficulté d'associer l'idée de lord Byron à celle d'un sentiment qui ressemblât à de la modestie, personne ne s'est jamais avisé d'en contester la sincérité. Persuadé que, partout où il se présentait, toutes les lèvres, et surtout celles des femmes s'entr'ouvraient pour murmurer : *C'est lui! c'est lord Byron!* il se trouvait forcément dans la situation d'un acteur obligé de jouer un rôle, et de rendre compte, non pas à autrui (car il avait peu de souci de l'opinion des autres) mais à lui-même, de toutes ses actions et de toutes ses paroles. C'est de là que naissait ce malaise qui n'échappait pas aux moins pénétrants.

« En 1814, à l'occasion d'une grande catastrophe qui occupait tous les esprits, il lui arriva de dire que « le monde n'était digne ni de la peine qu'on prenait à le conquérir, ni du regret qu'on éprouvait à le perdre [1]. » Ce mot, si toutefois un mot peut se comparer à tant de hauts faits éclatants, semblerait annoncer une hauteur de pensée qui le placerait au-dessus du héros dont il déplorait la destinée. Je ne parle pas de son génie poétique : ses compatriotes en sont les meilleurs juges, et, s'il faut les en croire, sa mort a laissé un vide immense dans la littérature anglaise. Il n'est pas de sujet qu'il n'ait abordé, pas de cordes de la lyre divine qu'il n'ait fait vibrer et dont il n'ait tiré les plus suaves et les plus énergiques accords. Il aimait à venir s'inspirer aux lieux témoins des événements qu'il se proposait de chanter, bien que sa mémoire et son imagination n'eussent pas besoin d'un pareil secours.

«On a comparé Byron à Shakspeare : on l'a placé, comme Garrick, entre les deux muses de la tragédie et de la comédie ; mais il sym-

---

[1] La comtesse fait allusion à un vers de *Childe-Harold* sur la bataille de Waterloo.   A. P.

pathisait plus volontiers avec la première des
deux sœurs¹. Ses vers, qui souvent coulaient
de sa plume sans le moindre effort, étaient,
pour son éditeur, autant de lettres de change
tirées sur le public. Il est certain qu'à l'apparition de ses ouvrages toute l'édition, quelque
considérable qu'elle fût, s'écoulait entière le
premier jour. On l'accusa de s'être peint souvent dans les héros de ses poèmes, et souvent
peut-être à son insu. Il ne parvint jamais à
se justifier complétement de ce reproche. On
sait qu'à dix-neuf ans sa réputation littéraire
était déjà colossale : il ne put se soustraire
au tribut que réclamait cet âge d'efferves-
cence, et la manie de ces opinions dites libé-
rales (expression que chacun interprète au gré
de ses passions) le subjugua plus violemment
que personne au monde. Il suffira de rappeler ici qu'à ses yeux un gentilhomme, un pair
de la libre Angleterre, n'avait rien qui le dis-
tinguât du dernier des esclaves. Il aurait sou-
haité vivre dans une république idéale et poétique, oubliant l'arrêt porté contre ses pareils
par Platon, le poète de la politique.

« On le voyait passer des exercices les plus
violents au repos le plus absolu : son corps,

¹ *Don Juan* vaut cependant *Childe-Harold* dans un autre
genre.   A. P.

aussi souple que son esprit, se prêtait à toutes ses fantaisies. Pendant tout un hiver, il allait chaque matin dans sa gondole aborder à l'île des Arméniens[1], pour y jouir de la société de quelques solitaires hospitaliers et instruits, et se familiariser en même temps avec les difficultés de leur langage : et le soir, remontant dans sa gondole, il retournait à Venise, où il donnait quelques heures à la société. L'hiver suivant, toutes les fois que les vents soulevaient les eaux, il aimait à en braver les périls, ou bien, courant sur le rivage, il fatiguait deux ou trois de ses meilleurs chevaux.

« Jamais on ne l'entendit prononcer un seul mot français, quoiqu'il possédât parfaitement toutes les finesses de cette langue; mais il avait pris en haine la France et sa littérature moderne [2]. Il ne méprisait pas moins notre littérature italienne; et, par une restriction où le ridicule le dispute à l'outrage, il disait que l'Italie ne possédait qu'un seul auteur vivant. Sa voix était douce et flexible; il parlait

---

[1] Ilot situé au milieu d'un lac tranquille à une demi-lieue environ de Venise. Dans cet îlot se trouve un couvent célèbre d'arméniens catholiques.

[2] La comtesse se trompe, car Byron écrit presque le contraire dans la préface de *Marino Faliero*.

A. P.

avec une grâce exquise lorsqu'il n'était pas
contredit, mais il s'adressait plutôt à son voi-
sin qu'à toute la compagnie. Il était naturellement sobre, il préférait le poisson à la vian-
de, craignant, disait-il, que celle-ci ne le
rendît féroce [1]. Il n'aimait pas à voir les femmes manger, et cette antipathie bizarre avait
sa source dans l'idée qu'il s'était formée de
leurs perfections. Les misères de la vie ma-
térielle ne pouvaient se concilier avec la nature divine que son imagination leur attribuait. D'ailleurs, ayant toujours vécu l'esclave
des femmes, il avait besoin, pour absoudre
ses faiblesses, d'en diviniser l'objet. Toutefois cette adoration se concilie difficilement
avec le mépris qu'il se plaisait souvent à leur
prodiguer; mais de pareilles contradictions ne
devraient pas surprendre dans un caractère
tel que celui de Byron : aussi bien n'a-t-on
pas toujours vu les esclaves maudire leurs
tyrans ?

« Sans avoir une Héro qui l'attendît au rivage
opposé, il passa l'Hellespont à la nage, dans
la seule vue de mettre un terme aux discus-
sions des érudits sur la réalité des rendez-vous
de Léandre. Pour résoudre une difficulté

----

[1] Il paraît qu'il a souvent changé de régime.

A. P.

semblable, il traversa le Tage, dont le rapide courant l'exposait à de plus grands dangers; cet exploit le rendait encore plus fier
que la traversée de l'Hellespont. Pour épuiser
la matière, j'ajouterai qu'on le vit un soir,
au sortir d'un palais situé sur la place du
Grand-Canal, au lieu d'entrer dans sa gondole,
se jeter tout habillé dans les flots, et regagner
sa demeure à la nage. Le lendemain, pour ne
pas s'exposer aux dangers qu'il avait courus
la veille dans l'obscurité, menacé par la rame
des gondoliers et leurs barques légères, il
traversa le même canal, nageant avec le bras
droit, et tenant de sa main gauche une petite
lanterne qui éclairait sa route, au milieu des
vagues et des gondoles. A la vue de cet étrange voyageur, quel ne fut pas l'étonnement de
ces paisibles bateliers, qui, nonchalamment
couchés sur les bancs de leurs barques, attendaient, en chantant les beaux vers d'Her-
minie, que le coq matinal leur annonçât l'heure où les beautés errantes de cette cité rega-
gnent leur logis ? Il exigeait peu de services
de ses domestiques avec lesquels il était bon,
généreux et affable. Dans le nombre il menait
partout avec lui un vieux serviteur, parce
que ce vieux serviteur l'avait vu naître.

« Lord Byron n'aimait pas ses compatriotes,
parce qu'il savait que ses habitudes étaient

l'objet de leur censure. Les Anglais, rigides
observateurs des devoirs de famille, ne pouvaient lui pardonner sa négligence à les remplir ; aussi évitait-il avec soin leur présence :
de leur côté, ses compatriotes, surtout lorsque leurs femmes les accompagnaient, n'é-
taient pas fort curieux d'entrer en rapports
avec lui[1]. Cependant ils avaient tous un violent désir de le voir, et les femmes, qui ne
pouvaient le regarder que d'une manière
furtive, désespérées de cette contrainte, mur-
muraient à demi-voix : « Quel dommage ! »
Si cependant quelque Anglais de haute naissance et de grande réputation lui faisait les
premières politesses, il y répondait avec
courtoisie, et paraissait flatté de ces avan-
ces. Il semblait que ce fût un baume salutaire
versé sur les blessures de son cœur.

« En parlant de son mariage, sujet délicat,
triste et touchant souvenir, il était vivement
ému, et disait que c'était la cause innocente
de tous ses chagrins et de toutes ses fautes. Il
aimait à rendre hommage aux qualités de sa
femme, dont il louait le cœur et l'esprit, et il
s'attribuait généreusement tous les torts de
leur cruelle séparation. Un tel langage était-il
dicté par la justice ou par la vanité ? Ne rap-
pelle-t-il pas un peu le mot de César ? Quant à

[1] Pruderie, affection, hypocrisie anglaise. *Cant for ever*. A.P.

sa jeune fille, sa chère Ada, il en parlait avec la plus vive tendresse, et paraissait fier du sacrifice qu'il s'était imposé, en la laissant à sa mère. La haine vigoureuse qu'il portait à sa belle-mère et à une espèce d'Euryclée[1] de lady Byron, auxquelles il attribuait l'éloignement de sa femme pour lui, démontrait clairement, en dépit de quelques traits amers semés dans ses écrits, et lancés plutôt par le ressentiment que par l'indifférence, combien leur séparation lui avait été pénible. Il était si irritable, si impatient de toute censure qu'on l'entendit s'écrier, en parlant d'une dame qui avait osé critiquer un de ses vers : « Je voudrais la voir au fond de l'Océan, » comme si le lac de Venise n'était pas assez profond à ses yeux. Quand il entendait dire qu'on se préparait à le traduire, il pâlissait de peur que le traducteur fût au dessous de sa tâche. Sa main était prête à secourir l'infortune, mais ses compatriotes sévères l'accusaient de ne pas assez cacher ses bienfaits; comme si l'absence d'une seconde vertu pouvait annuler la première. »

L'anecdote suivante viendra à l'appui des qualités que la comtesse Albrizzi accorde à lord Byron.

Peu de temps avant son mariage, une jeune personne douée de quelque mérite littéraire,

[1] Mistress Charlemont.

se trouva dans un embarras pécuniaire, par
suite des malheurs de sa famille. Privée peu à
peu de ses dernières ressources, réduite à
offrir vainement son manuscrit à des libraires
qui demandaient des garanties de succès, elle
se décida à s'adresser à lord Byron pour obtenir sa souscription et l'appui de son crédit.
Elle ne le connaissait que par ses ouvrages ;
mais elle s'était formé de son caractère une
toute autre idée que celle qu'ils semblaient
en donner au commun des lecteurs. Elle entra
chez lui, persuadée qu'il était aussi affable
que généreux. Son imagination l'avait mieux
deviné que la crédulité malicieuse du monde.
Elle lui expose simplement les motifs qui
l'amènent, et demande une souscription dont
le prix doit sauver du besoin des parents res-
pectables.

Lord Byron a la délicatesse d'interrompre
ce pénible récit et d'y substituer un autre
sujet d'entretien ; pendant que la jeune personne s'abandonne au plaisir de l'écouter, il
écrit négligemment un billet, le plie et le lui
présente : « Voilà ma souscription, dit-il ;
mais, malgré tous les vœux que je fais pour vos
succès, permettez-moi de vous dire qu'il ne
convient peut-être pas que je vous aide trop
activement à vous donner des souscripteurs.
Nous sommes jeunes vous et moi.... Le monde

5

est enclin à médire. Je craindrais de vous faire tort plutôt que de vous servir. »

Quand, après avoir quitté sa seigneurie, la jeune personne ouvrit le billet, elle reconnût que c'était un mandat de cinquante livres sterling sur son banquier.

On sait aussi que quelques-uns des ouvrages de lord Byron ont été libéralement donnés par lui à ses amis; ses vers étaient payés jusqu'à une guinée la pièce[1].

---

[1] Voici la note des sommes comptées à lord Byron, par M. Murray, pour le manuscrit de ses principaux ouvrages dont quelques-unes ont eu jusqu'à vingt éditions.

	liv. st.
Childe-Harold, chants I et II.	600
— chant III.	1575
— chant IV.	2100
Le Giaour.	525
La Fiancée d'Abydos.	525
Le Corsaire.	525
Lara.	700
Le siége de Corinthe.	525
Parisina.	525
Les lamentations du Tasse.	315
Manfred.	315
Beppo.	525
Don Juan, chants I et II.	1525
— chants III, IV et V.	1525
Le Doge de Venise.	1050
Sardanapale, Caïn, Foscari.	1100
Mazeppa.	525

Malheureusement *Beppo et dou Juan* sont venus servir de nouveau texte aux calomniateurs de la morale et de la vie privée du poète.

Beppo seul n'est certes pas un délit bien grave. Le fond léger de ce conte est brodé avec une heureuse facilité, et quelques traits satiriques y rappellent l'ingénieuse malice de Prior et de Peter Pindar[1]. Le charme du style, presque complètement évaporé dans la traduction, consiste dans l'aisance et le naturel. Le ton de la conversation familière est conservé par le poète malgré la mesure de la versication. Dans la correspondance *d ; la famille Fudge*, Thomas Moore a réussi da :; un genre analogue ; et il est vrai de dire qu'il a moins respecté les lois de la bienséance et surtout celles de l'hospitalité que lord Byron.

Mais c'est surtout *don Juan* qui a fait ful-

	liv. st.
Le Prisonnier de Chillon	525
Divers Mélanges	450
	15,455 liv.

Environ 386,375 francs.

Les œuvres de lord Byron ont été réimprimées à un grand nombre d'exemplaires en France, en Allemagne et en Amérique. Quant à la traduction, s'il était permis d'en parler sous le rapport mercantile, elle a rapporté au traducteur 40,000 francs.

[1] Pseudonyme du facétieux docteur Wolcott dont nous parlons dans le *Voyage en Angleterre et en Écosse*.

miner l'anathême contre le noble poète. Il n'a
pu s'empêcher de déplorer lui-même, dans
le premier chant, la perte de ses illusions :

CCIV.

« C'en est fait ! c'en est fait, je ne sentirai
« plus cette rosée vivifiante qui entretient ces
« émotions toujours nouvelles dont la source
« est dans nos cœurs, trésor semblable à celui
« que l'abeille porte dans son sein. Malheu-
« reux ! il était en ton pouvoir de doubler
« même la suavité d'une fleur. »

CCXV.

« C'en est fait ! C'en est fait ! ô mon cœur
« tu ne peux plus être mon seul univers, toi
« qui étais mon unique bien, te voilà comme
« séparé de moi, tu ne saurais plus suffire à
« ma félicité ou à mon malheur; l'illusion
« s'est évanouie pour toujours. Tu es devenu
« insensible, je crois, mais pas plus mauvais
« pour cela, et à ta place, j'ai acquis une dose
« de jugement, quoique Dieu seul sache
« comment le jugement a pu trouver à se lo-
« ger chez moi. »

CCXVI.

« Mes jours d'amour sont finis; les charmes

« des jeunes beautés, ceux d'une épouse ne
« m'abuseront plus ; encore moins ceux d'une
« veuve ? il faut changer de vie ! plus d'espé-
« rance crédule.... plus d'ambition ! »

« A quoi aboutit la gloire ? à nous faire
« remplir une page incertaine ! Les uns la
« comparent à l'action de gravir une hauteur
« dont le sommet est perdu dans les vapeurs
« comme celui de tous les monts. Les hom-
« mes parlent, écrivent, prêchent ; les héros
« tuent, les poètes consument leur lampe
« nocturne ; et pourquoi ? pour obtenir, quand
« ils ne seront plus que poussière, un nom,
« un mauvais portrait ou un buste pire en-
« core[1]. »

C'est évidemment sur les contes philoso-
phiques de Voltaire que ce nouveau poème
est modelé. On peut dire que, jusqu'ici, lord
Byron avait plutôt considéré les hommes à
travers le même prisme que Rousseau. Quelles
qu'aient été les erreurs de l'auteur d'*Émile*,
ses vues de la nature humaine sont le plus
souvent justes et profondes. Il ne cherchait
point, comme le philosophe de Ferney, à

---

[1] Dans le chant IV, Byron a dit :
« Mon imagination laisse tomber ses ailes et la triste vérité, qui plane au-dessus de mon pupitre, change en burlesque ce qui était jadis romantique. »

combattre sa sensibilité, mais il préférait
souffrir jusqu'à la fin en se consolant des
peines auxquelles le condamnait son génie
par les inspirations généreuses dont s'enivrait
son ame. Ses sublimes rêveries étaient de véritables révélations du beau idéal, et s'il fut
appelé sophiste, c'est que, dans l'application
de ses principes, il oubliait que la pureté des
sentiments qu'il exprimait n'était point faite
pour les passions grossières de la société.

Voltaire vit le monde tel qu'il était, avec
ses éléments de discorde, ses vices et sa misère mal fardée; son cynisme se consola, en
riant, de sa laideur. La philosophie de Can-
dide ne flatte aucune passion, ne conduit à
aucune immoralité positive; elle excite seulement l'homme au mépris de tout ce qu'il
doit à ses semblables; elle n'inspire point l'orgueil, mais elle anéantit tout respect pour
l'espèce humaine.

Lord Byron semble, en adoptant ces principes, avoir pris en même temps des leçons
du démon de Faust, le satirique Méphistophélès. On découvre dans les scènes de *don
Juan* un singulier mélange d'enthousiasme et
de dérision, de légèreté et de sentiment, de
tendresse passionnée et de froide indifférence;
et cette alliance ne sert qu'à faire mieux ressortir le ridicule qu'il veut donner à l'en-

thousiasme, au sentiment, et aux tendres affections. Avec lui la moquerie est une arme
doublement empoisonnée.

« Amour, patriotisme, valeur, dévouement,
ambition, constance; tout n'est plus qu'illusions, et folie de dupes, dit Jeffrey [1], dont
nous adoptons à peu près les expressions; on
dirait que la seule existence désirable est
celle qui consiste en une alternative de périls
pour exciter les sens, et de banquets et d'intrigues, pour les flatter de nouveau.

« Si cette doctrine se montrait seule sans
ses exemples, elle révolterait plus qu'elle ne
séduirait. Mais l'auteur a le don malheureux
de personnifier toutes les consolantes et nobles
illusions, avec tant de grâce, de force et de
vérité, qu'il est impossible de ne pas supposer
d'abord qu'il y croit lui-même; mais soudain
il se dépouille de ce caractère d'emprunt; et,
un moment après nous avoir émus et exaltés,
il recommence sa moquerie sur tout ce qu'il
y a de sérieux et de sublime, et nous abandonne avec une plaisanterie grossière, avec
un froid sarcasme et une personnalité cruelle,
comme pour nous démontrer, par son propre
exemple, comment il est possible d'éprouver

---

[1] Ed. Review.

ou de feindre les beaux et grands sentiments, sans y avoir foi, et sans les respecter.

« Telle est la scène où le jeune Juan se cache dans le lit de doña Julia et qui finit par « le débordement de paroles éloquentes » avec lequel la femme coupable repousse audacieusement les trop justes soupçons de son époux. Toute cette scène est comique, sinon décente : mais quand le poète fait ensuite adresser par cette femme sans pudeur, à son jeune amant, une épître brûlante d'un pur et fidèle amour, il profane l'éloquence sacrée du cœur en l'associant indirectement à une impudique passion. De même la sublime et terrible description du naufrage est étrangement interrompue par des traits de bouffonnerie triviale. Nous passons des gémissements d'un père sur son fils mourant de faim, à la demande que fait Juan d'une pate de son chien[1]. L'ode si belle sur la liberté des Grecs est suivie d'une suite de stances sans goût; et à la mort touchante d'Haïdée succèdent de joyeuses scènes d'intrigue et de mascarades dans le sérail.

---

[1] Ce qu'il y a de bizarre, c'est que l'histoire du naufrage et du chien est presque littéralement copiée d'une semblable aventure de l'amiral Byron, grand-père du poète.

« Tous nos meilleurs sentiments ne sont
donc excités que pour nous accoutumer à leur
prompte et complète extinction, et nous sommes sans cesse ramenés à la doctrine maté-
rielle de l'ouvrage : l'absence de la fidélité
dans les femmes, ou de l'honneur dans
l'homme, et la folie de chercher dans les autres de telles vertus, ou de les cultiver pour un
monde qui ne les mérite pas. Or tout cela est
disposé avec tant d'esprit et de connaissance
du cœur humain; que la leçon est rendue
aussi agréable que le système plausible; ce
qui pourrait servir d'antidote a été prévu et
présenté d'avance sous les formes les plus sé-
duisantes; mais avec de telles associations, que
l'efficacité en est neutralisée, ou qu'elle tourne
au profit du poison. » Cette critique est sévère, mais juste : lord Byron dit lui-même :
« A mon avis, la plus élevée de toutes les poésies, comme le plus noble de tous les sujets,
doit être la vérité morale. »

Osons le dire, cette guerre faite à l'enthousiasme n'a rien d'honorable pour le génie.
Lord Byron ne l'aurait-il pas soupçonné lui-
même en publiant *Don Juan* sans y mettre son
nom ? Ce n'était se cacher qu'à demi ; de continuelles allusions aux événements de sa vie
et à l'histoire de sa famille, auraient trahi le
poète quand on ne l'aurait pas reconnu dans

les sublimes horreurs du naufrage, comme
dans les traits plus gracieux de son poème.
Des digressions, d'une philosophie originale
et gaie, font aussi regretter vivement que lord
Byron ne s'en soit pas tenu au ton léger d'un
badinage dicté par le bon goût et par une ingénieuse malice, au lieu d'effrayer les lecteurs
par son septicisme sans pitié, tel qu'un démon riant des rêves sublimes de la vertu.

Là s'arrêtait notre examen de Don Juan
lors de la première publication de cet essai.
Nous n'en connaissions encore que les six
premiers chants; le poème s'est étendu depuis jusqu'à seize et reste inachevé. Sans
craindre qu'on nous oppose à nous-même, il
nous est difficile de ne pas accorder aujour-
d'hui quelque chose de plus à l'éloge de cette
Odyssée satirique dont telle est la nature com-
plexe, que le poète, vrai Protée, y prend tous
les tons, plaide toutes les causes et se moque
de temps en temps de lui-même comme de
ses lecteurs. Dans ce siècle où l'Angleterre a,
plus encore que la France, ses dévots de place
et ses censeurs d'office, l'anathème lancé
contre *Don Juan*, par les Tartufes anglicans,
nous révèle que le poète a trouvé le défaut de
leur cuirasse. N'oublions pas que le cagotisme
s'empresse de crier au blasphème, et d'appeler au secours des autels quiconque menace

de lui arracher son masque. « On a laissé
jouer sans réclamation l'indécente parade de
Scaramouche ermite, disait Louis XIV, et l'on
veut me faire défendre *Tartufe*. — Sire, lui
répondit Condé, *Scaramouche* ne jouait que le
ciel et la religion, dont les bigots se soucient
moins que d'eux-mêmes. » La grande plaie du
caractère anglais, au dix-neuvième siècle, est
ce *cant*, ou tartufferie morale, politique, et
religieuse, dénoncée par lord Byron dans la
lettre à Murray. Dans cette guerre à mort déclarée au *cant* anglais que de saillies spiri-
tuelles, que d'observations profondes et fines,
que de philosophie, quelle pénétration et
quelle connaissance des plus secrets ressorts
du cœur de l'homme, quel inépuisable trésor
de poésie enfin, qui demandent grâce pour
des parenthèses un peu longues, ou de mauvais goût, et pour l'oubli de quelques conve-
nances ! La variété des tons et des formes du
style, qui soutient tant de transitions brus-
ques et de digressions tour à tour sérieuses et
bouffonnes, a quelque chose de merveilleux
dans la langue anglaise ! Les derniers chants,
qui conduisent Don Juan sur le sol britannique, sont des livres de *Tom Jones* et de
Gilblas, pour la vérité d'observation, ou,
sans chercher de comparaison, c'est Byron
lui-même retrouvant tous les souvenirs de sa

propre vie, et s'en servant pour peindre cette
société anglaise dont il fut un des héros,
cette société dont il connaissait les secrets les
plus intimes, ses vertus de convention, sa
vanité, ses ridicules; — la ville, la campagne,
les grands chemins, les salons, la vie du château, la charte, les élections, etc., etc., tout
est là; et ces tableaux ne sont pas seulement
des descriptions, des personnages vivants les
animent; un art infini de contrastes les met
en opposition, et les fait ressortir chacun
dans son cadre : ils parlent, ils agissent; mais
le poète aime souvent à prendre lui-même la
parole, et à faire un peu parade de sa pénétration, comme Fielding. Quelquefois même
il entre dans les moindres détails d'un caractère, comme Marivaux dans ses espèces de
dissections morales.

Nous avons dit avec franchise dans un autre ouvrage [1], les raisons de notre prédilec-
tion toujours croissante pour Don Juan. Ces
raisons deviennent malheureusement plus fortes chaque année. Qu'il nous soit permis d'a-
jouter qu'elles nous ont donné le courage de
refaire presqu'en entier la traduction de cet
ouvrage, dans la sixième édition qui vient
d'en être publiée.

[1] Voyage littéraire, etc.

Don Juan est en contradiction avec les précédents poèmes de lord Byron, qui n'est pas toujours d'accord avec lui-même dans les seize chants dont se compose cette production si malheureusement inachevé. Le poète de *Chil-de-Harold* et de *Don Juan* nous montre cette même *nature ondoyante* comme dit Montaigne dans ses opinions littéraires ; la dispute avec M. Bowles sur laquelle roule *la lettre à Murray*, est une levée de boucliers en faveur, non-seulement de la morale, mais encore des doctrines classiques dont Pope fut le champion, en Angleterre, dans le siècle dernier ;

« Comment Socrate fut-il le plus grand des « hommes ? par sa morale. Qu'est-ce qui a « prouvé que Jésus-Christ était le fils de « Dieu ? ses divins préceptes autant que ses « miracles ! »

Plus loin lord Byron ajoute :

« La populace de nos poètes modernes de-
« mande l'ostracisme de Pope, parce qu'ils
« sont fatigués, comme l'Athénien, de l'en-
« tendre appeler le juste. Ils combattent aussi
« pour la vie ; car, si Pope se maintient à son
« rang, ils retomberont au leur. Ils ont éle-
« vé une mosquée à côté d'un temple grec
« de la plus belle architecture ; et, plus barba-
« res que les barbares qui me fournissent cette
« figure, ils ne seront pas contents de leur

« édifice grotesque, qu'ils n'aient détruit le
« majestueux monument qui les couvre de
« honte.

« On me dira que j'ai marqué dans les rangs
« de ces barbares : cela est vrai, et j'en rou-
« gis. On m'a vu parmi ceux qui ont bâti
« cette tour de Babel, suivie d'une confusion
« de langues ; mais je n'ai jamais été de ces
« destructeurs jaloux du temple classique de
« notre prédécesseur.... »

En prenant le parti de Pope contre M. Bowles, celui d'Aristote contre Shlegel, en s'accu-
sant lui-même d'avoir travaillé à la tour de
Babel élevée sur le parnasse britannique, lord
Byron avait certainement une arrière-pensée.
Il se trouvait lié depuis ses succès, par l'inter-
médiaire de Shelley, avec une coterie de jeunes
poètes qui prétendaient et prétendent encore
révolutionner la littérature de leur pays, bien
moins par des innovations originales que
dans l'intérêt de leurs petites vanités. Il était
d'abord bien convenu entre eux que la molle
et fade affectation de Leigh Hunt, l'auteur de
Rimini, serait toujours de la grâce ; que les
néologismes, et les *cascatelles* de syllabes du
jeune Keats seraient toujours de l'énergie et
de la mélodie ; que les esquisses dramatiques
de Barry Cornwall (Procter) seraient des tragédies admirables, etc. Pour intéresser da-

vantage, par toutes sortes de moyens factices
et de contrastes, Leigh Hunt avait dans sa
conduite et ses écrits un singulier mélange de
jacobinisme et de fatuité aristocratique. Keats
se mourait réellement d'une phtisie pulmo-
naire, quoiqu'on ait prétendu qu'il ait été tué
par un article de journal. Hazzlitt, critique
plein d'idées, mais d'une extravagance quelquefois risible, s'était institué l'Aristote bouf-
fon de cette jeune secte littéraire, que nous
ne confondons pas avec ce que nous avons
appelé la *nouvelle école*. Cette secte, exagé-
rant les défauts de Byron comme ceux de
Wordsworth, se croyait en droit de déclarer
surannée toute la poésie du temps de la reine
Anne, sans faire aucune distinction entre
l'épitre passionnée d'Héloïse et les églogues
de salon de Pope[1]. C'est comme si, en France,
parce que Boileau a fait une ode ridicule, il
n'était pas poète dans ses satires, ou si, parce

---

[1] J'ai comparé, dit Byron dans une lettre qu'on trouvera
dans le dix-neuvième volume de notre édition in-18; j'ai
comparé aux poèmes de Pope, page pour page, les poèmes
de Moore, les miens et quelques autres. J'ai été surpris,
(je n'aurais pas dû l'être), de la distance qui existe sous le
rapport du bon sens, du savoir, de l'effet, et même de l'i-
magination, de la *passion* et de *l'invention*, entre le petit
homme de la reine Anne, et nous autres du Bas-Empire.
C'était alors tout Horace, c'est aujourd'hui tout Clau-
dien, etc.

que Racine a quelquefois un peu trop francisé
ses héros, il n'était pas le plus éloquent interprète des passions, quand ses héros oublient leur perruque et leurs aiguillettes.
Byron aima mieux s'accuser lui-même avec
repentir d'avoir suivi un faux système, que
de faire cause commune avec ces *niveleurs*
de la littérature anglaise, trop petits pour
remplacer les géants d'un autre siècle sur les
piédestaux d'où ils voudaient renverser leurs
statues. Au fond, il avait peur de se rendre
solidaire des ridicules de la coterie en
consentant à en être le chef. Il avait long-
temps ri avec Shelley des cinq à six amis de
ce dernier ; il protesta enfin tout haut dans la
lettre à Murray. En même temps il écrivit à
Gifford de vouloir bien châtier l'orgueil de
Keats, et la vanité de Hazzlitt, son séide. « Je
pardonnerais à Keats, dit-il, ses vers som-
nifères, s'il ne voulait nous les donner à l'appui de ses blasphèmes contre Dryden, Pope,
Swift, Congrève, Addisson Young, Gray,
Goldsmith, etc., qu'il appelle « a school of
dolts » une école d'imbéciles !.... Hazzlitt
étant parvenu à glisser un article en faveur de
Keats dans la revue d'Edimbourg : « Qu'ils se
contentent, s'écrie Byron, d'avoir immolé
Keats, qui ne manque ni d'imagination ni de
talent, au Moloch de leur absurdité ! Pope ne se

doutait guères que *son art de ramper en poésie* deviendrait une étude sérieuse[1]. Or, comme la coterie affectait d'avoir ressuscité Shakspeare, trop négligé en effet par les poètes plus polis mais moins énergiques des salons de la reine Anne, Byron affecta de juger sévèrement ce dieu de la tragédie anglaise. Peut-on penser qu'il en méconnaissait les sublimes inspirations? Non sans doute; mais il s'indignait de voir louer, avec Shlégel jusqu'à ses défauts, le fumier autant que la perle : il sentait Shakspeare, mais non pas comme ceux qu'on pourrait appeler les badauds de son génie. Tout le secret de ses rétractations est là, comme le prouve sa correspondance.

« Ah ! si je reviens jamais parmi vous, écrivait-il de Ravenne (11 septembre 1820), comme je vous donnerai une *Baviade* et une *Mœviade*, inférieures à celles de M. Gifford, mais bien mieux méritées. Vit-on jamais une coterie semblable à celle de vos *ouistres....* [2] Grâces aux *cockneys* [3], aux *lakistes* et aux *partisans* de Scott, de Moore, et de *Byron*, vous voilà arrivés au déclin et à la dégradation de la littéra-

[1] Voyez la correspondance. A. P.

[2] Ce mot, que Voltaire prodiguait volontiers, nous semble rendre celui de *ragganuffin* qu'emploie lord Byron.

[3] C'est ainsi qu'un journal a appelé l'école de Hunt, Keats, Hazzlitt et les autres. Ce mot répond à celui de

ture. Je ne puis y penser sans un remords de
meurtrier. Que Johnson ne vît-il encore pour
les écraser! »   . . . .
. . . .

La lettre sur Pope servit en quelque sorte
de transition entre les premiers ouvrages de
Byron et ses tragédies fondées sur le système
des unités. La première tentative en faveur
d'Addisson, d'Aristote, dans la langue de
Shakspeare, ne fut pas aussi heureuse
qu'elle aurait dû l'être pour donner raison
aux règles.

Marino Faliero n'avait point été destiné au
théâtre ; peut-être si l'auteur n'avait pas cru
au-dessous de lui de se soumettre au jugement d'un public, dont la partialité, il est
vrai, est une terrible chance, il aurait rendu
son sujet plus dramatique et par conséquent
sa pièce meilleure. Cette considération n'arrêta pas les spéculations du directeur de
Drury-Lane, qui, en trois jours mutila le
pauvre Doge, distribua les rôles à sa troupe,
et traduisit le poète devant le tribunal qu'il
avait déclaré incompétent. L'utile précaution
des billets donnés qu'on emploie à Drury-
Lane et à Covent-Garden, comme dans la rue

badauds. Les *lakistes* sont Wordsworth, Southey, Coleridge, etc.

Richelieu, pour assurer les succès, fut né-
gligée, et la cabale malveillante qui, comme
toute faction, a toujours de son côté la force
de l'audace, avait de plus, cette fois, l'avantage du nombre. La porte assiégée de bonne
heure s'ouvrit au torrent indompté de la
foule anglaise, bien différente de cette foule
parisienne dont des gendarmes dirigent si
paisiblement le cours. La pièce fut jugée
froide par un auditoire accoutumé au désordre pompeux et animé des jeux de la Mel-
pomène britannique. Mais le mot magique de liberté, les principes républicains
des conspirateurs, exprimés en beaux vers
par lord Byron, exercèrent leur influence
ordinaire. L'opposition n'eut que la voix d'un
sifflet isolé. Les représentations auraient continué; les acteurs auraient mieux compris et
mieux su leur rôle; l'enthousiasme eût peut-
être succédé à la satisfaction, mais l'éditeur,
M. Murray, porta sa plainte aux tribunaux,
et obtint gain de cause contre ceux qui
avaient voulu faire de lord Byron un auteur
dramatique malgré lui et malgré les unités.

Marino Faliero, qui fut autrefois imité en
vers avec trop de précipitation au Théâtre
Français, puis dénaturé en prose à la porte
Saint-Martin, est devenu pour nous un sujet piquant de comparaison entre lord Byron et un

poète qui a osé se mesurer avec lui sur le terrain du drame commun. M. de La Martine avait osé déjà le faire sur celui du poème.

Sans dissimuler les défauts du drame de lord Byron, nous ne saurons nous empêcher de croire qu'il fallait le surpasser de beaucoup pour changer essentiellement, non pas la forme, non pas la distribution plus ou moins savante des scènes, mais la donnée des personnages. Une traduction littérale ne pouvait entrer dans la pensée de M. Delavigne : il n'a pas même voulu paraître *imiter ;* ce qui n'a pas peu contribué à lui faire adopter une variante très-prononcée du rôle d'Angiolina. Pour être indirecte, l'imitation reste toujours imitation; aussi Racine ne s'est pas cru obligé de dénaturer tel ou tel caractère des pièces grecques qu'il a imité en grand maître, d'ailleurs, comme M. Delavigne a imité Byron. Mais M. Delavigne a été guidé par un autre motif; il a cru qu'Angiolina coupable serait plus dramatique. Peut-être en effet peut-on critiquer la candeur d'Angiolina comme une froide vertu, et l'amour raisonnable du doge comme ridicule; il existe cependant une heureuse opposition entre cette épouse si jeune, si calme, si pure, et le vieillard qui retrouve toute l'énergie de sa jeunesse quand il croit

son honneur blessé. Il y a quelque chose de
touchant et d'honorable pour la nature humaine dans le noble sentiment qui consacre
le nœud des deux époux; aucune jalousie ne
s'est mêlée au ressentiment du doge; il ne
s'attend pas à trouver l'exaltation de l'amour
dans la compagne qui l'aime d'une tendresse toute filiale; mais il trouve en elle ce
plaît davantage à sa grande ame : une inno-
cence si pure qu'elle peut à peine croire à
l'existence du crime.

La sympathie de lord Byron, pour son sujet, se fonde sur l'analogie de son caractère avec celui du doge, quelque éloignée
qu'elle paraisse d'abord. Voilà pourquoi il a
si bien compris et si bien rendu ce caractère,
qu'il nous semble que M. Delavigne a un peu
affaibli. Pour comprendre Faliero, il fallait
peut-être savoir haïr : Byron disait quelquefois avec Johnson ; *I love a good hater* (*j'aime
un bon haïsseur*) la passion qui domine
son Faliero, c'est la haine; il veut se venger;
c'est un doge offensé encore plus qu'un vieillard amoureux; car il n'aime Angiolina qu'a-
vec un amour de père. Le Faliero français est
un *vieux mari* : or, au théâtre, ce dernier caractère est difficilement tragique; aussi Steno
dit de lui que ce n'est qu'un Sganarelle, un
Géronte;

Mais le doge irrité, jaloux jusqu'au délire,
Prouva que d'un guerrier mille fois triomphant
La *Vieillesse et l'Hymen* ne font plus qu'un *enfant*.

Outre la passion de la haine, qui fait que Byron s'identifie en quelque sorte par tempérament avec le doge, il a été attiré vers ce personnage historique par une analogie de position. Faliero, prince de Venise, forcé de conspirer avec des plébéïens, de fraterniser avec des ouvriers, et ayant peine à dissimuler le dégoût avec lequel il se laisse toucher la main par ces hommes qu'il méprise, voilà ce qui a intéressé lord Byron, pair de la Grande-Bretagne, lord Byron, poète grand seigneur, qui s'était fait *carbonaro* en Italie. M. Delavigne (c'est ici un éloge pour ses opinions, comme le reproche de ne pas savoir haïr en est un pour son cœur), M. Delavigne a fait son doge trop franchement libéral. Jamais le Faliero vénitien n'eût dit :

Mes vœux tendent plus haut : oui je fus prince à Rhode
Général à Zara, doge à Venise ; eh bien
Je ne veux pas descendre, et me *fais citoyen*!

Ou si, dans l'intérêt de ses projets, il l'avait dit, il eût fait sentir dans un *à parte*, ou n'importe comment, combien cette flatterie adressée au peuple coûtait à son orgueil :

Quand Israël lui dit, *nous, we* : ce pronom
seul le révolte. *Nous*, nous! dit-il; puis se
reprenant : — « N'importe; vous avez acquis le
droit de dire *nous*; voyons, au fait! »

« *We—we-no matter-you have earned the right*
« *To Talk of* us : *but the point.* »

C'est comme le *Coriolan* de Shakspeare, vrai
patricien de Rome, et en même temps vrai
noble anglais, lorsqu'il est obligé de demander la voix des plébéïens, et qu'il change
malgré lui ses complimens d'*éligible* en ironie.

Il serait sans doute curieux de comparer
avec plus de développemens les deux *Faliero*.
Nous nous bornerons à ces observations de
l'imitation de M. Casimir Delavigne; mais, en
avouant que nous n'aurions plus que de l'admiration à exprimer pour une foule de détails
de sa pièce, soit lorsqu'il suit son rival de
plus près, comme dans la scène entre le
doge et Israël Bertuccio, soit lorsqu'il crée
une scène toute entière, comme celle de l'in-
terrogatoire de Bertram; nous pourrions
aussi citer, si nous n'écrivions trop tard pour
cela, maint passage dans lequel l'auteur français a embelli l'original anglais; telle est la
description du mal du pays que fait le neveu
du doge, qui du reste n'est pas imitée du *Ma-*

rino Faliero de Byron, mais de ses *deux Foscari*. Il est bien facile de dire à un auteur comment il aurait dû faire pour éviter tel ou tel défaut; mais le talent est de faire servir même un défaut à une beauté qui le rachète pleinement, et au-delà: en admettant qu'il ait eu tort de faire Angiolina coupable, M. Delavigne a dû à cette idée la belle scène du pardon du dernier acte. Notre seul but est de prétendre qu'un poète du rang de M. Delavigne pouvait imiter, et même traduire lord Byron, sans passer pour moins original.

Avec le *Doge de Venise*, lord Byron publia la *Prophétie du Dante*, espèce de *Messénienne*, sur les malheurs de l'Italie; composition riche de nobles sentiments et d'une belle poésie, mais à laquelle nuit l'obscurité de quelques passages. L'idée de ce poème lui fut donnée dans une excursion à Ravenne, par une dame qui était parvenue à fixer son cœur, autant que son cœur pouvait être fixé; en effet, il ne quitta plus la comtesse Guiccioli que pour la Grèce. On s'accorde à peindre cette dame comme une Armide aimable et spirituelle: leur liaison eut une origine assez romanesque. La persécution à laquelle fut exposée sa famille attacha encore davantage Byron à elle. Le noble poète ne fut pas son cavalier servant, à la mode italienne, du consentement du mari,

mais malgré le mari et malgré le pape lui-
même, qui joua un rôle, dit-on, dans cette intrigue amoureuse. Byron dédia à la comtesse les
Prophéties du Dante : il avait déjà fait son portrait dans une des strophes de *Beppo*; celle
qui rappelle une des plus belles têtes du Gior-
gione. Ils quittèrent bientôt ensemble Venise
pour Ravenne; mais auparavant Byron envoya
en Angleterre de nouvelles productions. C'é-
taient encore des compositions dramatiques.

Les nouvelles tragédies du noble poète
parurent avec une protestation réitérée en
faveur des règles du drame classique, qui,
selon lui, sont adoptées par la littérature des
nations les plus civilisées. L'attaque était
trop directe pour que l'orgueil de l'Angleterre
ne se révoltât pas contre une opinion qui com-
promettait sa dignité, comme nation, et la
gloire de sa littérature dramatique. Les critiques dont ces pièces furent l'objet attestent
le ressentiment de cet outrage. Nous devons
cependant souscrire à l'arrêt qui condamne
les *deux Foscari* comme une tragédie faible
d'intérêt, et dont les incidents sont peu naturels, en dépit de la vérité historique. Aucun
des personnages n'est animé de ces passions
exaltées qui remuent puissamment celles
d'une assemblée. Le vieux doge a un beau
caractère, mais sa force n'est guère qu'une

force d'inertie; le jeune Foscari, dont le supplice nous révolte, ose à peine se plaindre;
Loredano poursuit trop tranquillement le
cours de sa vengeance, et son confident Ro-
derigo reste à peu près nul.

Marina seule serait tragique par son noble
dévouement digne de Rome et de Sparte;
mais elle est réduite à de vaines imprécations
quand la vengeance des Dix est accomplie. Il
est inutile de dire que quelques belles scènes
et quelques passages pleins d'éclat révèlent le
poète. Nous ne citerons que celui où Marina
cherche à réconcilier son époux avec l'idée
de l'exil, en lui rappelant que Venise fut fondée par des bannis.... Venise indigne de tant
de regrets!

« Belle Venise, s'écrie Foscari, ma chère
« et unique patrie! ah! oui, maintenant je res-
« pire! Comme cette brise de ton Adriatique est
« douce à mon visage! l'impression même de
« l'air annonce la terre natale à mon sang, le
« rafraîchit et le calme! Quelle différence
« avec les vents brûlants des odieuses Cycla-
« des qui mugissaient autour de la prison...
« . . . .

« Ah! vous n'avez jamais été bannis de Ve-
« nise... Vous n'avez jamais vu ses beaux
« édifices dans le lointain, pendant que cha-
« que sillon que traçait sur les flots la proue

« du navire semblait déchirer votre cœur;
« vous n'avez jamais cru voir le jour descen-
« dre sur les rochers de la ville natale et les
« décorer de l'or et de la pourpre de ses rayons;
« puis, après avoir rêvé ce doux spectacle
« vous ne vous êtes jamais réveillé sans le
« retrouver !... »

Toute la pièce semble avoir été faite pour
madame de Staël, qui eût compris tout le désespoir du jeune Foscari. C'est elle qui a dit :

« On s'étonnera peut-être que je compare
« l'exil à la mort; mais de grands hommes de
« l'antiquité et des temps modernes ont suc-
« combé à cette peine. On rencontre plus
« de braves contre l'échafaud, que contre la
« perte de sa patrie¹. »

Mais ce volume contenait le chef-d'œuvre
dramatique de lord Byron, et, s'il faut le dire,
la pièce la plus originale qui ait paru en Angleterre depuis Shakspeare. Le seul personnage de Sardanapale est une admirable création en poésie; car il appartient à l'imagination du poète plutôt qu'à l'histoire. C'est enfin
un caractère neuf, qui console de tant de
lieux communs personnifiés. Sardanapale
n'est cependant, sous plus d'un rapport, qu'un
Don Juan couronné; mais ce voluptueux effé-

¹ Dix années d'exil.

miné, cet épicurien sur le trône, cet esclave
des sens, et du plaisir qui néglige sa femme
pour une favorite, laquelle n'est elle-même
que la première d'un sérail, ce roi qui méprise
la guerre, la gloire, la religion, comment est-
il si intéressant; et par quel art le poète a-t-il
su le revêtir d'une grandeur naturelle qui en
impose? On aime à l'entendre expliquer sa
paresseuse insouciance, et puis rire du péril comme d'un plaisir nouveau, loin d'en
éprouver de l'inquiétude et de la terreur, et
s'armant aussi gaiement du bouclier que naguère du miroir. On reconnaît qu'il a su se
placer au-dessus des événements, par un vrai
courage philosophique. La mollesse a pu en-
dormir ce courage, mais non l'avilir. Il quitte
la vie comme on quitte une fête, emportant
des images riantes pour ses rêves !

Le stoïcisme de Saloménes fait ressortir cette
philosophie indolente de son beau-frère ; mais
qu'elle est belle à côté de Sardanapale cette
Grecque esclave qui lui parle sévèrement au
nom de la gloire au milieu d'un banquet et
s'asseoit fièrement sur le bûcher pour partager sa mort. Qu'elle est belle dans cet amour
qui la fait rougir, dans cet orgueil qui ennoblit
son esclavage ! Et que de beautés de détails.
Le songe de Sardanapale est digne de celui
d'Athalie.

Les tragédies de lord Byron ne suscitèrent
que des questions de critique littéraire ; mais
le *mystère* de *Caïn* devint un sujet de scandale exploité à l'envi par tous ceux qui s'é-
taient crus désignés dans la *lettre à Murray*,
comme faisant partie de la grande coterie des
tartufes religieux, moralistes ou politiques.
Les théologiens d'Oxford et de Cambridge
crièrent au manichéen et à l'athée ; les apôtres
de la morale, à l'inceste.

Le noble lord osait, comme Milton, mettre
en scène les anges, Satan, et la première famille du monde ! Il méritait la mort, comme
le fils d'Abinadab pour avoir touché à l'arche
sainte. Les rabbins avaient prouvé que la
femme de Caïn était la sœur jumelle d'Abel ;
lord Byron affectait de croire qu'Adah, au
contraire, avait été la sœur jumelle du fratricide. Des menaces anonymes furent adressées
à M. Murray ; et, un libraire ayant publié une
contrefaçon de *Caïn*, l'éditeur porta vainement sa plainte à la cour de chancellerie. Le
lord chancelier déclara que le livre n'était pas
de nature à être protégé par la loi. Grâces à
cette législation absurde[1], *le poison* prétendu

---

[1] *Don Juan*, *Wat Tyler de Southey*, etc., ont été de
même mis *hors la loi.* C'est-à-dire qu'au lieu d'arrêter le
poison, la loi punit *l'empoisonneur* en le privant de tout ré-

put circuler au loin et fut mis à la portée de tout le monde par la modicité du prix.

On pourrait définir « Caïn » une théorie dialoguée de *l'origine du mal*. Ce mystère est donc à peu près tout métaphysique. Il est certain que la plupart des arguments de Lucifer et de Caïn contre la bonté ou le pouvoir de la Providence restent sans réponse. Lord Byron dit qu'il ne pouvait faire parler Lucifer comme un ministre en châire. Soit; mais il manque parmi les interlocuteurs un ange *théologien* pour éclaircir, sinon pour résoudre la question. Le troisième acte seul émeut vivement par la catastrophe amenée avec un talent admirable. C'est donc le seul acte qui soit vraiment dramatique. Le sombre caractère de Caïn est une grande conception: Son mécontentement, sa farouche et orgueilleuse inquiétude, vont au-devant de chaque sophisme du tentateur : Lucifer n'est guère que le démon de sa propre imagination personnifiée. Ce ne sont point des causes accidentelles qui poussent Caïn au blasphème et au meurtre : son crime est le fatal résultat de cette espèce de maladie morale, de cette soif de science devenue une passion, qui fait délirer son ame et lui inspire le mépris du bonheur.

cours contre ceux qui multiplient sa composition reconnue dangereuse.

Il y a beaucoup à admirer dans ce *mystère*.
La première entrevue de Lucifer et de son
disciple est sublime : il n'est pas de tableau
plus touchant que celui où Caïn et Adam s'ap-
prochent de leur enfant endormi.

La jeune fille de lord Byron, privée peut-
être à jamais de voir son père, lira un jour
cette scène en versant des larmes.

Une note très-remarquable fait partie du
volume que nous venons d'examiner. Lord
Byron y répond aux attaques de Southey qui,
dans la préface de son dernier poème, désignait, sous le titre *d'École Satanique*, l'école
de lord Byron, de Shelley et de tous les écrivains qui partageaient leurs principes. Il nous
semble que de part et d'autre cette inimitié a
été poussée trop loin. Jusqu'ici lord Byron ne
s'était guère servi que des armes du ridicule
contre le Lauréat; mais, cette fois, il repousse
sérieusement sa dénonciation, et accusé d'être
un *révolutionnaire*, il en vient à un acte de foi
politique.

« M. Southey, dans sa pieuse préface d'un
« poème dont le blasphème n'est pas moins
« innocent que la sédition de *Wat Tyler*, parce
« qu'il est aussi absurde que cette *sincère* pro-
« duction; M. Southey invite la législature *à*
« *y faire bien attention*, puisque la tolérance
« accordée à des écrits tels que ceux de *l'É-*

« *cole Satanique* , conduisit à la révolution
« française. Cela est faux, et M. Southey le
« sait bien. Tous les écrivains qui osèrent
« être libres éprouvèrent des persécutions.
« Voltaire et Rousseau furent exilés; Mar-
« montel et Diderot, envoyés à la Bastille;
« et une guerre perpétuelle fut déclarée à
« tous les philosophes par l'autorité existante.
« En second lieu, la révolution française ne
« fut causée par aucun écrit. Elle aurait éclaté
« quand même aucun des écrivains que Sou-
« they cite n'eût existé. C'est la mode d'attri-
« buer tout à la révolution française , et la ré-
« volution française à tout autre cause que la
« réelle. Cette cause est évidente.... Le gou-
« vernement exigeait trop et le peuple ne
« pouvait ni donner ni supporter davantage.
« Et la révolution anglaise. la première,
« veux-je dire, par qui fut-elle occasionée ?
« Les puritains étaient certes aussi moraux
« que Wesley [1] ou que son biographe. — Les
« actes... les actes seuls des gouvernements
« et non les écrits qui les ont combattus ,
« voilà ce qui a causé les révolutions passées,
« voilà ce qui mènera aux révolutions futures.
« Je regarde une seconde révolution comme
« inévitable, quoique je ne sois point *révolu-*

---

[1] Vie de Wesley le méthodiste, par Southey.

« *tionnaire*, Je désire que la constitution an-
« glaise soit modifiée, mais non détruite ; né
« aristocrate et naturellement aristocrate par
« caractère, avec la plus grande partie de ma
« fortune actuelle sur les fonds publics, qu'au-
« rais-je à gagner par une révolution ! Peut-
« être ai-je plus à perdre que M. Southey avec
« toutes ses places, ses bénéfices de panégy-
« riste et son droit d'injurier, par-dessus le
« marché. Mais une révolution est inévitable,
« je le répéte. Le gouvernement peut se glo-
« rifier de la répression de quelques petits
« tumultes : ce ne sont que quelques vagues
« repoussées et brisées sur le rivage ; tandis
« que la grande inondation s'avance et ne
« cesse de gagner du terrain. M. Southey nous
« accuse d'attaquer la religion du pays ; et
« lui, la soutient-il en écrivant ses *Vies de*
« *Wesley*? Un culte n'est détruit que par un
« autre. Jamais il n'y eut, il n'y aura jamais
« un pays sans religion. On nous citera en-
« core la France : mais ce ne furent que Pa-
« ris et une faction frénétique qui maintinrent
« un moment le dogme absurde de la théophi-
« lanthropie. L'Église d'Angleterre, si elle est
« renversée, le sera par les sectaires et non
« par les sceptiques. Les peuples sont trop
« sages, trop instruits, trop certains de leur
« importance immense dans l'espace, pour

« se soumettre à l'impiété du doute. Il peut
« bien exister quelques spéculateurs sans foi ;
« mais ils sont en petit nombre, et leurs opi-
« nions sans enthousiasme, sans appel aux
« passions, ne sauraient gagner des prosély-
« tes, à moins qu'ils ne soient persécutés ;
« car voilà le moyen d'augmenter toutes les
« sectes. »

Il nous semble, pour répondre à ce qui
nous touche de près dans ce manifeste, que
lord Byron exagère la persécution dont les
philosophes furent l'objet avant la révolution : la cour les avait plutôt *boudés* quelquefois
que persécutés constamment. Quant à la cause
de la révolution, certes les écrits seuls ne
l'ont pas faite ; mais n'y ont-ils pas contribué ?
Lord Byron n'a-t-il pas écrit lui-même en parlant de Voltaire et de Rousseau, qu'ils ont
ébranlé les trônes [1]. Et n'est-il pas toujours
vrai, malheureusement, que les principes de
la raison et de la justice, proclamés d'abord
par les hommes de bien, deviennent des
armes fatales tournées contre eux-mêmes
quand les factieux s'en emparent ? Pour ce
qui regarde la révolution anglaise, annoncée
ici comme inévitable, malheur à l'aristocra-

[1] Childe-Harold, ch. III, st. cxvii.

tie qui a fait la sienne en 1688 ; ce serait sans doute cette fois le tour du peuple.

On remarque avec plaisir, dans un autre passage de la même déclaration, que le poète proteste qu'il n'a point eu part aux notes de *la reine Mab*, et qu'il est loin d'approuver les doctrines d'athéisme qu'elles contiennent. Son admiration pour Shelley n'avait pour objet que sa poésie, et il faut convenir que le style à la fois nerveux et brillant de *la reine Mab*, et des ouvrages plus récents du même auteur, était digne d'une muse moins irréligieuse. Shelley était allé rejoindre lord Byron à Pise où celui-ci fixa pendant quelque temps son séjour en quittant Venise et Ravenne. C'est là qu'ils formèrent une espèce de société littéraire à à laquelle Leigh Hunt, l'auteur de *Françoise de Rimini*, vint s'associer.

Hunt s'était chargé de la rédaction du journal de cette espèce d'académie intitulée le Libéral. Mais Shelley ne put même pas en voir paraître le premier cahier, ayant péri cette même année avec Wiliams, autre ami de lord Byron, dans une tempête qui les surprit de Livourne à Gênes. Leurs corps furent recueillis sur le rivage, et lord Byron les fit brûler pour en conserver les cendres. L'éloquente expression de ses regrets, que je me rappelle avoir lue en Angleterre, dans une de ses lettres communiquée à un journal de l'opposition, contrastait singulièrement avec l'indécent anathême qu'une feuille ministérielle appelait, le même jour, sur ces deux infortunés. La charité chrétienne permet de croire qu'une ardente prière au moment de la mort peut racheter une ame coupable; et c'est une impiété que de vouloir pénétrer les jugements de Dieu :

. . . . . . *Peace be with their ashes , for by them*
If merited , the penalty is paid ;
It is not ours to judge , far less condemn;
The hour must come when such things shall be made
Known unto all.
CHILDE-HAROLD, c. III, st. 108, sur VOLTAIRE et ROUSSEAU [1].

Cette réflexion nous échappe parce que les rédacteurs du *Libéral* n'ont pas manqué, en représailles, de citer indirectement la mort de Castelereagh comme un jugement de Dieu.

Le *Libéral* fut précédé de quelques jours par une nouvelle composition dramatique, dans laquelle l'auteur oubliait la règle des uni-

[1] « Paix à leurs cendres; s'ils ont mérité un châtiment, « ils le subissent. Ce n'est pas à nous de les juger, en« core moins de les condamner..... le jour viendra où tout « sera connu. »

tés, et prenait dans le dialogue une variété de
tons qui rappelle quelquefois Shakspeare;
mais, d'après notre code littéraire en France,
« Werner » ne serait qu'un roman dialogué.
Dans une modeste préface, lord Byron semble ne pas prétendre à une plus haute gloire,
et avoue qu'il a emprunté presque tous ses
caractères et son plan à une nouvelle alle-
mande de miss Harriet Lee[1]. Cette même
nouvelle dit-il, contient le germe de quelques-
uns de ses premiers poèmes. Le héros du
drame est en effet un Lara ou un Conrad;
et l'héroïne rappelle aussi Zuléika ou Médora.
« Werner » arrive trop tard pour être une
composition originale; mais de toutes les
œuvres dramatiques de lord Byron ce sera
peut-être celle qui amusera le plus, parce
qu'elle est la plus romanesque. « Werner »
prouve aussi toute la puissance du nom de
Byron, par la réputation qu'il rendit tout-à-
coup à miss Lee, déjà presque oubliée, dans la
foule des romanciers modernes.

Il est évident que la puissance de ce nom
soutint seule le *Libéral*. Lord Byron lui sus-
cita, dès le premier numéro, les embarras d'un
procès intenté par la société *des amis de*

[1] Sœur de Miss Sophia Lee, auteur de *Matilde ou le Sou-
terrain*. (the *Recess*.)

6

la constitution, « pour outrages faits à la mémoire du feu roi Georges III. » Ce fut *la Vision du jugement*[1] qui compromit l'académie
anglo-pisane.

Ce poème burlesque est une parodie de l'a-
pothéose de Georges III, publiée sous le
même titre, par Southey[2]. Satan et Michel se
disputent, à la porte du paradis, la possession
du prince, qui, comme on le devine, court
grand risque par l'éloquence d'un avocat tel
que le diable. On appelle les témoins de son
règne pour déposer, lorsque tout-à-coup survient un autre démon portant le Lauréat, c'est
Asmodée tout essoufflé, et se plaignant d'avoir
l'aile démise par ce fardeau des plus lourds,
quoique, de tous ses ouvrages, l'auteur de la
première *Vision* n'ait avec lui que son dernier
manuscrit. Satan le reconnaît « pour un sot » et
prétend qu'il n'était nul besoin de le lui ame-
ner de force : « il serait venu de lui-même ;
« mais puisqu'il est ici voyons ce qu'il a fait.»

---

[1] Ce poème a été traduit en entier pour la première fois
dans l'édition dont fait partie cet essai.

[2] Il y a certes une impiété à *canoniser*, comme Southey un
roi aussi médiocre que George III, qui pendant la moitié de
son règne a été fou. Les vers du Lauréat ne sont souvent que
des flatteries ridicules : Ce n'est pas ainsi qu'a été conçue
et exécutée l'ode sublime que les funérailles de Louis XVIII
ont inspirée à un jeune poète qui a préféré l'indépendance
de son talent aux caresses du pouvoir.

« Ce qu'il a fait! s'écrie Asmodée, il anti-
cipe sur la besogne qui se traite entre vous,
et griffonne, comme s'il était le greffier des
destins. Accorderons-nous la parole à cet âne
comme à celui de Balaam ? » — « Écoutons-le,
dit Michel, on ne saurait récuser un tel témoin. »

Le poète, heureux d'obtenir un auditoire,
ce qui lui arrive rarement ici-bas, entonne ses
hexamètres. Grand tumulte, comme dans la
chambre des communes quand Castlereagh
parle ; les anges demandent l'ordre du jour ;
ils ont assez de vers et de chansons. Le monarque bâille, saint Pierre a besoin de s'in-
terposer en faveur de l'auteur, se rappelant
qu'il a été jadis lui-même poète en prose : et
Michel sonne de sa trompette pour étouffer le
tapage par un tapage plus fort, comme on fait
souvent sur notre planète.

Enfin, le Lauréat obtient de nouveau la parole, et cette fois-ci débite en préambule le
catalogue de ses productions. Il a écrit la *Vie
de Nelson*, il a écrit celle de Wesley, il écrira
celle de Satan ou celle de Michel ; voyant que
que le diable ne se soucie guère d'un tel pané-
gyriste, le voilà recommençant la lecture de
ses vers ; mais, au troisième, tous les assistants
désertent l'audience, et saint Pierre lui-même,
indigné d'une telle musique, punit le pané-

gyriste nazillard en lui appliquant sur la tête
trois coups de son trousseau de clefs. Le nouveau Phaéton fait la culbute jusque dans son
lac de Keswick.

Malgré le sourire qu'excitent par moments
quelques traits heureux, il est pénible de voir
un grand poète descendre à ces burlesques
jeux d'esprit. C'est encore ici une imitation
de Voltaire dont l'amour-propre blessé pour-
suivait par l'ironie la plus caustique les écrivains qui avaient osé se mesurer à ce géant de
notre littérature. Lord Byron eût mis lui aussi
volontiers Southey aux galères, dans quelque
poème, comme un autre Fréron. Le Dante, il
est vrai, avait été plus loin encore, en plongeant ses ennemis dans son enfer : Mais le
Dante écrivait sous la dictée des haines politiques. C'est déjà bien assez en littérature de
créer pour nos censeurs une *Dunciade* ou palais de la sottise, comme celui où Pope ins-
talla le Lauréat de son temps, le spirituel
Colley-Cibber. Malheureusement, dans la *Vision* parodiée, il y a plus que de la haine littéraire. Sous prétexte que Southey avait un peu
trop prodigué les canonisations aux têtes couronnées, Lord Byron leur a prodigué d'inju-
rieuses paroles. Les tribunaux anglais ont jugé
les inculpations dont Georges III était l'objet.
Nous aurions dû quant à nous, pour la gloire du

poète lui-même, supprimer de la traduction de ce poème les quatres stances sur une victime royale[1] montée au ciel, revêtue de la pourpre du martyre, plus sacrée que celle de la royauté. Nous n'avons reconnu dans ce passage ni le fils des Muses, ni le descendant des preux que Charles Ier trouva fidèle à ses drapeaux. Que le poète aime la liberté ; mais, s'il veut qu'elle lui accorde de nobles inspirations, qu'il représente cette muse des grandes ames, belle, généreuse, fière et jalouse de ses droits sans doute, mais pleine de calme et de dignité, avec les attributs de la force et de la justice, et non telle qu'une bacchante révolutionnaire, le visage barbouillé de sang et de lie, dansant autour de l'échafaud et insultant avec un rire féroce la mort et le malheur.

Nous ne saurions exiger de tous les Anglais les opinions du célèbre Burke au sujet de la Révolution française ; mais tant de *radicalisme* passe la mesure. Il y a même ici plus de l'insolence du grand seigneur que de la démagogie pure et simple. On se croirait transporté à ces repas anniversaires des régicides anglais, qui, en commémoration du supplice de Charles Stuart, ne mangeaient ce jour-là dans leur club que *des têtes de veau* par une dégoûtante allusion à la tête du roi.[2] »

[1] Louis XVI.
[2] Nous ne saurions non plus approuver les épigrammes

Ayant traduit *la Vision du Jugement* en entier, nous nous ne citerons ici qu'un épisode
dont l'invention est assez piquante. Parmi les
témoins sont appelés le fameux Wilkes et Junius, introduits l'un après l'autre, et mis en
scène avec esprit. Au nom mystérieux de Junius, la foule se presse autour de l'ombre citée.
C'est une grande figure, mince, à cheveux
gris, qui avait été déjà une ombre sur la terre.

« Elle est souple et leste dans ses mouvements, avec un air de vigueur; mais rien n'in-
dique ni son origine ni sa naissance; elle se
fait petite et puis redevient plus grande; tour
à tour elle a un aspect sombre, ou elle s'égaie
par un rire amer; mais, pendant qu'on la regarde, ses traits changent à chaque instant
sans qu'on puisse les définir.

« Plus les autres ombres la regardent, moins
elles peuvent la deviner; le diable lui-même
semble intrigué; sa physionomie varie comme
le fantôme d'un songe; plusieurs jurent dans
la foule qu'ils la connaissent parfaitement. —
Il en est un qui prétend que c'est l'ombre de
son fils; là-dessus un autre dit que c'est celle
du frère du cousin de sa mère.

« Un troisième veut que ce soit un duc, un

cruelles sur le suicide de Castlereagh, quelque haine que
mérite ce ministre. Il faut lire cependant à ce sujet la préface dont Byron a fait précéder le troisième chant de *Don Juan*.

chevalier, un orateur, un avocat, un prêtre, un nabab [1], ou un accoucheur; mais le mystérieux personnage change d'aspect aussi souvent qu'ils changent de pensée : on a beau le regarder en face, la difficulté s'accroît. C'est Burke, c'est Horne Tooke, et souvent il ressemble beaucoup à sir Philip Francis : c'est une fantasmagorie véritable, un « masque de fer épistolaire. »

On pense bien que Junius n'oublie pas de faire remarquer que son éloquente *lettre au roi* est restée sans réponse [2].

Le second numéro du *Libéral* se recommandait par un ton plus décent, et lord Byron s'y montra digne de Milton et de lui-même dans le mystère « du Ciel et de la Terre. »

Le même sujet fut traité simultanément par Anacréon Moore, sous le titre des « *Amours des Anges.* »

Les deux poètes ont donné à leur ouvrage l'empreinte particulière de leur talent.

Thomas Moore n'a rien perdu de sa sensibilité exquise, de son bonheur de description, et de son élégance. Son style est toujours un peu *brillanté*; il pêche par un luxe tout-à-fait oriental ; sa muse est couronnée de per-

[1] Enrichi de l'Inde.
[2] Voyez dans les lettres de Junius ce modèle d'éloquence politique.

les et de diamants, éblouissante de riches
atours; et quand, plus pure et plus tendre,
elle nous charme par des grâces plus naïves,
et des ornements moins recherchés, on lui
trouve encore un reste de coquetterie dans l'art
de disposer son voile, et les fleurs plus simples
dont elle compose sa parure. Quoique Moore
ait *spiritualisé* ses anges comme ses femmes,
qui seraient plus intéressantes si elles étaient
moins idéales, on peut dire que ses anges
sont plus galants encore qu'amoureux.

La fable du poème consiste dans le récit
que trois exilés du ciel se font réciproquement
de « leurs bonnes fortunes » avec trois filles
des hommes : tous trois ont tout sacrifié à l'a-
mour; les anges de lord Byron se perdent
surtout par un sentiment d'honneur. Ils préfèrent généreusement renoncer au pardon qui
leur est offert, plutôt que de délaisser les
mortelles qu'ils ont séduites [1]. Mais cet amour
des fils de Dieu et des filles des hommes n'est
guère qu'épisodique dans la composition plus
sévère de lord Byron. C'est le tableau du

---

[1] Quelques rabbins ont prétendu que les amours des
anges avec les filles des hommes étaient une fausse tradition
provenant d'un passage mal interprété de la Genèse : les
géants nés de ce commerce du ciel et de la terre n'auraient donc pas existé; quoi qu'il en soit, les poètes ont eu
le droit de s'emparer de l'idée, allégorique ou non.

monde corrompu et condamné à la terrible
régénération du déluge qu'a dessiné le poète ;
c'est l'homme avec ses passions déréglées ,
en présence du Créateur armé de sa vengeance
inexorable. Cette vengeance vient surprendre
les intelligences supérieures qui oublient leur
haute vocation dans les plaisirs terrestres ,
et les ames tendres qui préfèrent au Dieu jaloux des amants divinisés par elles.

La faiblesse se livre à de lâches gémissements. L'orgueil impie , au lieu de rendre
hommage à la Toute-Puissance, expire la malédiction à la bouche : le juste , fort de sa foi
et d'une consolante espérance, se résigne et
bénit le ciel. — Une mère... Ah ! le délire de
sa douleur maternelle sera sans doute son ex-
cuse ; — une mère, ayant vainement imploré le
salut de son fils , laisse échapper à la vue de
la mort qui va les frapper tous deux, une
plainte au lieu d'une prière. — Cependant un
élu du Seigneur est destiné par l'éternelle mi-
séricorde à repeupler un autre univers. Blâ-
mera-t-on le poète d'avoir fait presque un
rebelle d'un des fils de Noé ? Le mal n'entra-
t-il pas avec lui dans l'arche , puisque la postérité d'Adam , après le laps des siècles , a
eu besoin d'un sacrifice de sang divin pour sa
seconde régénération ? Japhet , égaré par un
amour coupable pour une fille de Caïn, semble

appartenir lui-même à la race du fratricide, dont l'orgueil s'était révolté contre Dieu, avant d'immoler l'innocent. Japhet est un philosophe chagrin qui ose sonder les voies de la Providence. Elle avait dit aux flots ; en fixant leurs limites : vous n'irez pas plus loin. Quand l'Océan accourt pour engloutir sa proie, Japhet va presque jusqu'à accuser l'Éternel d'injustice, de contradiction et de cruauté.

On reconnaît le génie audacieux de l'auteur de *Caïn*, dans ce drame qui rappelle par le style et la forme le *Samson agoniste*.

Lord Byron avait eu quelquefois l'idée

Le *Libéral* ne réussit pas et s'arrêta au quatrième numéro. Lord Byron l'avait prévu : voici l'extrait d'une de ses lettres.

Gênes, 9 octobre 1822.

« Je crains que le journal ne soit une mauvaise affaire et ne prenne pas ; mais je me sacrifie aux autres. Je ne puis y rien gagner. Je crois les frères Hunt d'honnêtes gens ; je suis sûr qu'ils sont pauvres : ils n'ont pas un napoléon. Ils m'ont prié avec instance de m'engager dans cette œuvre, et j'ai consenti dans une heure funeste ; mais je ne m'en repentirai pas tant que je pourrai leur rendre service. J'ai fait tout ce que j'ai pu pour Leigh Hunt depuis qu'il est ici, mais presque sans utilité. Sa femme est malade : ses six enfants ne sont pas très faciles à conduire ; et dans les affaires de ce monde il n'est lui même qu'un enfant. La mort de Shelley l'a laissé tout-à-fait à plat. Je n'ai pu le voir dans cette situation sans éprouver les sentiments communs de

d'aller visiter les deux Amériques ; il ambitionnait le titre de poète voyageur, et ses rêves de liberté l'appelaient tour à tour dans les États-Unis où la liberté se repose dans sa force, et dans la Colombie où elle combat encore avec l'épée de Bolivar. D'avance il parcourait par l'imagination, et dans les relations de voyages, ce nouveau monde sur lequel il aimait aussi à interroger les navigateurs. Le *séjour de* Mariner *parmi les naturels des Iles Tonga* et la révolte de l'équipage du capitaine Bligh (1778), lui fournirent l'idée première et les détails du poème intitulé *l'Ile ou Christian et ses compagnons.* Ce poème est riche d'images ravissantes. Comme dans la plupart des ouvrages de Byron, on y reconnaît, avons-nous dit dans l'introduction dont nous l'avons fait précéder, que, de tous les spectacles de la nature, celui qui avait produit l'impression la plus profonde sur son ame était l'immensité de cet océan que Dieu semble avoir laissé échapper d'une source inconnue comme une image animée de son éternité et de sa puissance infinie. Quand Childe-Harold commence

l'humanité, et sans faire tout ce que je pouvais pour le remettre à flot lui et sa famille. »

Leegh Hunt eut connaissance de cette lettre, en fut humilié et ne l'a pas pardonné à lord Byron. De là tant de bruits contradictoires sur la discontinuation du *Libéral.*

son pélerinage, le premier balancement du
navire rend déjà à son ame énervée par la satiété toute son énergie native, et il semble
que son objet principal était moins de parcourir une variété de climats que de vivre en
société avec ces flots qu'il compare poétique-
ment à la crinière de son coursier bondissant.
« Océan, je t'ai toujours aimé! » s'écrie-t-il
encore en terminant le Pélerinage. Que de sublimes apostrophes adressées à cette mer dont
le tumulte même fait battre son cœur d'une
joie sauvage : en général tous les héros de
Byron partagent cette sympathie du poète pour
l'océan dans les diverses phases de son aspect
et de ses dangers. Rebelles, pirates ou pro-
scrits, c'est sur les ondes ou dans les Iles qu'ils
ont établi leur empire ou trouvé leur refuge.
M. de Châteaubriand, qui a vécu beaucoup
des mêmes émotions que lord Byron, dit
aussi que ses ouvrages sont remplis de souvenirs et des images de ce qu'on peut appeler le désert de l'océan; — « se trouver au mi-
« lieu des mers, c'était pour lui comme pour
« Childe-Harold ne pas avoir quitté sa patrie,
« c'était, pour ainsi dire, être porté dans son
« premier voyage, par sa nourrice, par la
« confidente de ses premiers plaisirs......... »
Plus loin : « Presque toujours notre manière
« de voir et de sentir tient aux réminiscences

« de notre jeunesse. Élevé comme le compa-
« gnon des vents et des flots, ces flots, ces
« vents, cette solitude, qui furent mes pre-
« miers maîtres, convenaient peut-être mieux
« à la nature de mon esprit et à l'indépen-
« dance de mon caractère. Peut-être dois-je à
« cette éducation sauvage quelque vertu que
« j'aurais ignorée. »

Il est curieux de rapprocher de ces lignes
le passage où lord Byron, parlant de Torquil
et de Neuha, se souvient aussi de l'influence
des lieux où il passa son enfance sur sa manière de voir et de sentir. Remarquons
d'abord qu'élevé au sein des rochers calédoniens il confondait dans le même amour et les
monts et l'océan :

« Parmi tous ces couples d'amants, Torquil
« et Neuha n'étaient pas les moins beaux :
« tous deux nés enfants des îles, sous des cli-
« mats différents, il est vrai, mais tous deux
« sous l'influence d'un astre des mers, tous
« deux élevés au milieu d'une nature sau-
« vage, spectacles dont le souvenir nous est
« toujours si doux! quelque chose qui sur-
« vienne entre nous et les premiers goûts de
« l'enfance, qui n'aime à se rappeler ce qui
« frappa d'abord ses yeux? Celui qui de ses
« premiers regards aperçut les cimes bleues

¹ Introduction aux *Voyages en Amérique*, pag. 67.

« des montagnes saluera avec amour chaque
« élévation qui lui montrera le même azur ; il
« retrouvera dans chaque rocher le visage fa-
« milier d'un ami auquel il tendrait volontiers
« les bras. J'ai long-temps erré dans des pays
« qui ne sont pas les miens. J'ai adoré les Al-
« pes, aimé les Apennins, révéré le Parnasse,
« et admiré l'Ida et l'Olympe de Jupiter dom-
« nant la plaine étendue à leurs pieds ; mais ce
« n'était pas seulement la mémoire des vieux
« âges du monde, ce n'était pas seulement les
« charmes naturels de ces monts qui me ravis-
« saient à leur aspect... Le transport de l'en-
« fant survivait dans le jeune homme, *Loch' na*
« *gar* se confondait avec l'Ida sur la plaine
« d'Ilion, mêlait des souvenirs celtiques avec
« le mont phrygien, et faisait couler les tor-
« rents de l'Écosse avec l'onde transparente
« de Castalie. Pardonne-moi, ombre éternelle
« d'Homère ! Apollon, pardonne-moi les er-
« reurs de mon imagination : le Nord et la na-
« ture m'apprirent à adorer ces scènes subli-
« mes par le souvenir de ce que j'avais aimé
« auparavant » L'Île ou Christian, ch. III.

Lord Byron a évidemment voulu, dans le
poème de l'*Île*, créer une scène et des personnages pour une de ses *utopies* d'indépendance et
de solitude. Il avait maintes fois rêvé pour lui-

---

[1] Voyez ce poème cité au début de cet essai.

même une Neuha dans un *oasis* au milieu des
flots. Il a voulu l'animer de cette vie que donne
la muse à des héroïnes qui n'existèrent jamais
que dans le cerveau du poète. Mais il a su
l'entourer de réalités, il a osé être vrai pour
peindre les marins réfugiés aux *îles des amis* :
ce sont là de vrais marins avec leur langage
et leur costume, sans oublier la pipe et le ci-
garre, et leurs autres attributs, que Crabbe
n'eût pas négligés sans doute, mais qu'en général la muse aristocratique des poèmes sérieux abandonne à la prose et aux tableaux
flamands.

En lisant *l'Ile*, M. Benjamin-Constant, occupé alors de son bel ouvrage sur le sentiment religieux, en a cité naturellement ces
réflexions qui terminent le tableau du bonheur de Torquil et de Neuha : « Et que ceci
« ne semble pas étrange. L'enthousiaste re-
« ligieux ne vit pas sur la terre; mais, dans
« ses rêves extatiques, les jours et les mon
« sont emportés devant lui comme dans un
« tourbillon; son ame a précédé sa cendre
« dans le ciel. L'amour est-il moins puissant?
« non; il nous entraîne avec la même vio-
« lence vers la révélation glorieuse d'un Dieu
« ou vers cette autre moitié de nous-mêmes,
« dont les plaisirs et les douleurs sont telle-
« ment au-dessus des nôtres, que nous les con-

« fondons avec tout ce que nous connaissons
« du ciel ici-bas. En un instant, des deux
« points opposés, ces feux qui consument
« tout, se rapprochent, et nous enveloppent
« avec ce que nous aimons dans une flamme
« commune.

« Combien de fois encore nous oublions le
« temps, lorsque solitaires et admirant le
« trône universel de la nature, — ses forêts,
« ses déserts, ses vastes eaux parlent d'elle
« à notre intelligence! Les astres et les mon-
« tagnes n'ont-ils pas une vie! les vagues
« n'ont-elles pas une ame! leurs cavernes hu-
« mides ne sont-elles pas douées d'un senti-
« ment, et ne l'expriment-elles pas dans leurs
« larmes silencieuses? oui, les cieux nous
« appellent avec amour dans leur sphère, ils
« dissolvent notre enveloppe mortelle avant
« son heure, et plongent nos ames dans les
« vastes mers de l'éternité. »

On croirait plutôt lire une méditation de
Wordsworth qu'une rêverie de Byron; et c'est
encore un de ces morceaux en regard desquels
il serait facile de citer un passage semblable
dans les écrits de l'homme dont nous oppo-
sons fièrement la gloire à l'Angleterre, quand
elle nous demande où est notre Byron, où est
notre Walter Scott? Comme l'un, M. de Châteaubriand est le champion de la liberté;

comme l'autre, celui de la chevalerie et de la religion nationale.

Je crois que personne ne nous a contredit quand nous avons prétendu, dans le *Voyage en Angleterre*, que lord Byron et sir Walter Scott sont aussi connus et non moins admirés en France qu'en Angleterre. Jamais poètes étrangers n'avaient exercé tant d'ascendant sur nos doctrines littéraires et sur les inspirations de nos jeunes talents. Si Shakspeare est *revenu* en France mieux accueilli, et presque naturalisé déjà sur notre scène, c'est que Byron et Scott l'ont pris par la main pour nous le présenter de nouveau. Mais lorsqu'une révolution s'opère aussi dans notre goût, longtemps trop exclusif et dédaigneux, n'oublions pas qu'avant Byron et Scott, le génie de Châteaubriand et celui de Madame de Staël avaient déjà puissamment remué les imaginations françaises. Nous retrouvons dans les écrits de l'un et de l'autre, et la poétique et les premiers exemples de la nouvelle école.

Quoique le vicomte de Châteaubriand et lord Byron défendent des principes contraires sous plusieurs rapports, il y a entre eux cette analogie que l'*opposition* semble surtout favorable à leur talent qui penche volontiers vers la déclamation et l'emphase, comme l'éloquence de Burke. Mais à côté de cette em-

phase quelle puissance d'ironie ! Cette emphase d'ailleurs, qui n'est pas continuelle, n'a
rien de faux, parce que ce n'est le plus souvent chez eux que l'expression pittoresque et
animée d'une grande abondance d'idées, et
de ce que j'appellerais une exaltation naturelle et caractéristique. C'est le *mens divinior*,
— c'est le *non mortale sonáns*.

Le scepticisme de Byron fut une véritable
opposition anti-aristocratique à une époque où
la haute classe en Angleterre voudrait s'ar-
ranger commodément , sinon dans le vice,
comme le prétend Byron, du moins dans la
puissance de ses priviléges , derrière les affi-
ches de sa *morale* et de sa dignité. A l'époque
où le *Génie du Christianisme* parut, la religion
chrétienne était aussi de l'opposition. A cette
époque, Byron, né français, eut parlé comme
Châteaubriand du catholicisme. Il y a là péril
et gloire sous l'étendard du Christ, il est allé
mourir comme un croisé sur cette terre de
Grèce qu'il avait traversée autrefois en pélerin
comme Châteaubriand. Ces deux génies , qui
ont dominé toute la poésie de leur temps ,
avaient pu avoir entre eux plus d'une communauté d'inspiration et de gloire. La religion
ou la liberté devaient tôt ou tard les réunir par
une sainte fraternité pour les siècles à venir [1].

On a entendu Lord Byron dire plusieurs fois : « Je

Occupé à désenchanter le rêveur Childe-Harold en le transformant en *Don Juan*, lord Byron semble avoir été ramené à la fraîcheur de ses sensations de jeune homme dans le poème de l'*Ile*; mais, poursuivant son projet de faire en quelque sorte la contre-partie de ses premiers ouvrages, il publiait en même temps la *Métamorphose du bossu*, qui ressemble plutôt au *Faust* allemand qu'à son propre *Manfred*. Le démon César est là un autre Méphistophélès. Sa plaisanterie, quelquefois caustique, n'est le plus souvent que malicieuse; mais on croit deviner qu'il réserve toute l'amertume de son ironie pour empoisonner le bonheur d'Arnold lorsque celui-ci se croira heureux. Malheureusement ce poème est resté incomplet; qui oserait, d'après un fragment, deviner tous les développements que Byron eût donnés à cette idée originale?

Ici se termine l'examen des principaux ouvrages de lord Byron. Je ne sais cependant si nous ne devrions pas classer parmi ceux-là *Mazeppa*, publié à peu près en même temps

regrette de n'être pas né catholique. » Une devineresse, mistress William, lui avait prédit qu'il mourrait moine. Il repoussait maintes fois ce reproche d'athéisme; fidèle au moins en cela à la devise de ses armoiries : *crede, Byron* (crois, Byron).

qùe les premiers chants de *Don Juan*. L'histoire de l'Hettman de l'Ukraine semble avoir
été choisie par Byron comme l'occasion de
peindre un nouveau genre de supplice. La vérité du style, tour à tour noble, satirique,
gracieux et familier, est un artifice agréable
pour charmer l'attention à défaut d'incidents.

Parmi les pièces d'une moindre étendue,
les Ténèbres sont un tableau pour lequel on
peut dire que lord Byron a emprunté les plus
sombres couleurs du Dante. La métaphysique
de Coleridge et le délire lugubre du révérend
Maturin, auteur de *Melmoth*, n'ont rien produit de plus imposant et de plus terrible.

Ce poème, dans lequel lord Byron suppose
l'extinction de tous les corps lumineux, est
une de ces conceptions bizarres qu'il faut ranger dans la classe de ce conte de Jean Paul,
cité par madame de Staël, et intitulé : *Un
Songe*. Il y a cette différence entre le *Songe* de
Jean Paul et *les Ténèbres*, que lord Byron n'a
privé la création que de son soleil physique.
Jean Paul a éteint jusqu'à l'œil du Créateur au
moment dramatique où les morts se relèvent
de leurs tombeaux pour le jugement dernier.
« — Je suis descendu, leur dit le Christ,
« jusqu'aux dernières limites de l'univers ;
« j'ai regardé dans l'abyme et je me suis écrié :
« — Père, où es-tu ? — Mais je n'ai entendu

« quela pluie qui tombait goutte à goutte dans
« l'abyme, et l'éternelle tempête m'a seule ré-
« pondu. Élevant ensuite mes regards vers la
« voûte des cieux, je n'y ai trouvé qu'une or-
« bite, vieille, noire et sans fonds ; l'éternité
« reposait sur le chaos et se dévorait elle-mê-
« me lentement, etc. »

Ce qu'il y a de vraiment *dantesque* ou *by-
ronien* dans *les Ténèbres*, c'est l'épisode de ces
deux hommes qui ont survécu à la dépopula-
tion générale sous le sombre manteau des
cieux étendu comme un vaste linceul funéraire sur le froid cadavre du monde. « Ils
« étaient ennemis; ils se rencontrent auprès
« des tisons expirants d'un autel... Ils soulè-
« vent en frissonnant les cendres encore chau-
« des et les écartent avec leurs mains déchar-
« nées : leur faible haleine essaie de souffler
« un peu de feu et produit une flamme vacil-
« lante : — comme elle s'évapore au-dessus
« des cendres, ils lèvent les yeux, se voient
« et meurent d'effroi de leur mutuelle lai-
« deur..... »

Nous avons cité, dans le *Voyage en Angleterre*, un petit poème de Campbell, qui est
de la même école, intitulé *le Dernier Homme*;
et ce titre rappelle un roman épique non moins
extraordinaire de l'infortuné Grainville, qui

a supposé l'univers mourant de vieillesse et d'épuisement.

Nous devons citer encore une de ces compositions pathétiques où le poète s'est laissé aller à des sentiments plus tendres[1]. Il était à craindre que, pour peindre le Tasse dans son cachot d'odieuse mémoire, lord Byron n'évoquât une apparition effrayante, et ne mît le chantre pieux de Godefroi aux prises avec le désespoir et tous les horribles fantômes d'une imagination malade. Mais il nous montre le poète presque résigné à une mélancolie dou-

---

[1] *The lamentations of Torquato Tasso.*

« Michel Piovani, portier de l'hospice de Saint-Charles et Sainte-Anne, à Florence, dit le chanoine Fachini, m'a raconté que lord Byron, passant par cette ville, lui témoigna le désir d'être renfermé quelques moments dans la prison du Tasse. Piovani se rendit à sa demande, et eut ensuite la curiosité de voir ce que cet Anglais pourrait faire dans un tel lieu. Il l'examina par une lucarne, et le vit se promener à grands pas, se frappant souvent le front, et les cheveux hérissés, puis s'arrêter la tête baissée sur sa poitrine, les bras pendants, et comme absorbé par les plus tristes pensées. Après deux bonnes heures, Piovani ouvrit la porte et l'arracha à ses méditations. A peine le noble lord eut-il dépassé le seuil qu'il se tourna vers le portier et lui dit: Je te remercie, brave homme, les pensées du Tasse sont toutes actuellement dans ma tête et dans mon cœur!

« Lord Byron donna quelqu'argent au portier, et s'en alla en laissant écrits, sur une des parois de la loge, avec

ce, consolé par ses tendres souvenirs et par l'espérance de son immortelle gloire. *Les lamentations du Tasse* sont une touchante élégie et un hommage digne du grand nom qui l'a inspirée.

La poésie ne vit pas seulement de fictions et de sentiments tendres [1], elle aime aussi à jouer une espèce de rôle dans les intérêts sé-

un crayon, les vers suivants en langue française. Je les transcris littéralement sans me permettre d'y faire la moindre correction.

> *La le Tasse brul d'un flame fatal*
> *Expiant dans les fers sa gloire et son amur*
> *Quand il va recevoir la palm triomfal*
> *Descend au noyr sejur.*

BYRON.

Après avoir quitté Ferrare, le noble lord écrivit ses *Gémissements du Tasse*, traduits depuis en italien par Evasio Leoni.

Extrait d'une lettre du chanoine Fachini,
à Giovanni Monti.

(*Journal Arcadique des sciences et des arts, imprimé à Rome.*)

« La pièce intitulée *le Songe* est un tableau fantastique sans doute, mais qui ne couvre que d'un voile transparent le souvenir des premières amours de lord Byron. Ces souvenirs ont encore inspiré au poète plusieurs autres pièces d'une moindre étendue, mais qu'on ne peut s'empêcher de comparer aux mélancoliques *Méditations* de notre Lamartine.

rieux de l'histoire contemporaine. Lord Byron a composé plusieurs poèmes politiques.

L'*Age de bronze* est un ouvrage de colère.
En général, lord Byron, dans sa haine dédai-
gneuse pour la société, s'occupe peu, dans ses
satires politiques, d'exciter le sourire de ses
lecteurs par de malicieuses allusions. Sa plume
est trempée dans le fiel ; sa satire n'est plus
pour lui un jeu littéraire : rien de plus sérieux
que sa moquerie ; elle ressemble presque
toujours à l'insulte ; il se soucie peu de corriger ceux qu'il blesse ; on dirait qu'il ne veut
que les humilier. Le trait qu'il lance n'ef-
fleure pas, il déchire. Sa philosophie cah-
grine cherche querelle à la puissance, à la
gloire même : on reconnaît toujours en lui le
Timon de Shakspeare ; l'orgueil l'emporte sur
le génie, la poésie devient déclamation ; le
grand seigneur oublie sa dignité. « Je suis Dio-
« gène, » s'écrie-t-il ; mais Diogène se con-
tentait de prier brusquement Alexandre de
ne plus lui cacher son soleil, Byron jette de la
boue à Alexandre et à tous ceux qui l'offus-
quent. Quelle différence avec M. de Châteaubriand, qui lui aussi a quelquefois livré aux
sifflets les pygmées du pouvoir, mais toujours
noble dans son ironie comme dans ses paroles
plus graves, et leur laissant dédaigneusement
le vocabulaire de l'injure à leur usage.

L'*Age de bronze* est la satire du congrès de Vérone (1822). A cette époque, Byron avait fondé de grandes espérances sur le patriotisme espagnol : il ne voyait dans les souverains de l'Europe que des conspirateurs contre la liberté, livrant au cimeterre turc ses Grecs chéris, comme jadis les tyrans de Rome livraient les troupeaux de chrétiens aux tigres de l'Afrique. Voilà ce qui peut expliquer, sinon excuser ses outrageantes apostrophes.

Sous le rapport littéraire, l'*Age de bronze* est très-inégal ; il y a quelques belles pensées, quelques nobles images, mais encore plus d'emphases triviales et de dissonantes associations de mots. La traduction offrait des difficultés presque insurmontables : comment rendre avec quelque correction cette longue boutade politique, coupée par des digressions entre parenthèses, et où le point d'exclamation tient quelquefois lieu de verbe? Maintes fois une idée en interrompt une autre, une métaphore enjambe sur une comparaison. Les images se doublent ou se confondent, les transitions sont illusoires, ou plutôt il n'y a d'autres transitions que le caprice du poète, qui, dans son humeur, frappe à droite et à gauche sur les rois, sur les ministres, sur les généraux, sur les assemblées populaires, sur toutes les supériorités sociales. Quelquefois enfin les ellipses sont si fortes, qu'il en résulte une obscurité qu'on ne saurait éviter en français que par de longues périphrases. La plupart de ces difficultés se retrouvent dans presque tous les ouvrages de Byron ; mais dans aucun peut-être autant que dans l'*Age de bronze.*

Lord Byron a plusieurs fois associé sa muse à des événements et à des noms appartenant plus particulièrement à la politique. L'impression du moment a seule déterminé la direction de son enthousiasme, et l'indépendance de son caractère explique la mobilité de ses opinions. Tour à tour interprète d'une admiration aveugle inspirée au vulgaire par le premier des conquérants, ou de la liberté gémissante et délaissée pour la gloire, il a, dans de courts intervalles, chanté le glaive couronné de lauriers et le poignard vengeur d'Harmodius. Heureux le poète que la fortune a fait riche, puisqu'il peut du moins obéir aux caprices de sa muse sans être accusé d'une lâche vénalité !... Gloire à celui que la faim peut conduire au tombeau, mais non à l'opprobre !

Il n'est pas étonnant que la cupidité se soit emparée du nom de lord Byron pour tromper un moment la bonne foi des lecteurs empressés à se procurer tous ses ouvrages. Étrange

destinée des livres et des écrivains! Une production évidemment apocryphe, et aussitôt
repoussée par le goût malgré l'utile imposture
du titre, a autant contribué à faire connaître
le nom de lord Byron en France, que ses poèmes les plus estimés. Un certain docteur Polidori qui était, je crois, maître d'italien à Londres, n'eut pas honte d'attribuer indirectement au noble lord le conte absurde et dégoû-
tant *du Vampire* que le libraire Galignani, à
Paris, se hâta d'imprimer comme un ouvrage
avoué. Si quelque chose pouvait donner l'idée
de ce conte dans les poésies de l'auteur du
Childe-Harold, c'était sans doute la malédiction terrible, prononcée contre le Giaour,
que nous allons transcrire.

« Mais toi, perfide Giaour, tu seras livré à
la faux vengeresse de *Monkir*, et tu n'échap-
peras aux tortures qu'il te prépare que pour
errer autour du trône d'Éblis. Un feu dévo-
rant consumera éternellement ton cœur. Aucune langue ne pourrait exprimer les affreux
tourments qui en feront un véritable enfer.
Envoyé sur la terre comme un vampire, ton
cadavre s'échappera du tombeau. Devenu l'effroi du lieu qui t'a vu naître, bourreau de ta
femme, de ta sœur et de tes enfants, tu iras
à l'ombre de la nuit t'abreuver avec horreur
du sang de ta famille. Tes victimes reconnaî-

tront leur père avant d'expirer, le maudiront et en seront maudites. Tes filles périront dans la fleur de leur âge : mais il en est une à qui surtout ton crime sera fatal. C'est la plus jeune, la plus tendrement aimée. Elle t'appellera encore son père, et ce nom sacré déchirera cruellement ton cœur. Tu voudrais en vain l'épargner, tu verras s'effacer peu à peu les dernières couleurs de ses joues, la dernière étincelle de ses yeux s'éteindre, et l'azur de sa prunelle humide se ternir à jamais. Tu arracheras alors d'une main impie les tresses de sa blonde chevelure. Une de ses boucles eût paru jadis le gage de l'amour le plus tendre, ce sera pour toi l'éternel souvenir de ta rage infernale. Tes dents grincent de désespoir, et tes lèvres dégouttent du sang le plus pur. Retourne dans ton obscur tombeau, va te joindre à la troupe des mauvais génies qui fuiront avec horreur un spectre détesté. »

Le *Vampire* du docteur Polidori n'est que l'amplification de ce passage. Lord Byron adressa à ce sujet de pressantes réclamations aux MM. Galignani ; mais elles arrivèrent assez tard pour que la réputation de la brochure fût déjà faite. Nos théâtres s'emparèrent du sujet, et l'histoire de lord Ruthven s'accrut de deux volumes qui firent aussi du bruit.

Quelque tort qu'aient pu faire les auteurs
d'écrits apocryphes à la réputation de lord
Byron, ses nombreux imitateurs ne lui ont
peut-être pas moins nui auprès des gens de
goût. En Angleterre, quelques poètes ont
cru se faire un nom en affectant une misanthropie chagrine dans leurs fades productions.
La gaucherie de cette allure peu naturelle ne
leur a produit que le ridicule. L'originalité
a plus de priviléges de l'autre côté du détroit
que chez nous; mais l'originalité d'emprunt
y trompe plus difficilement. On rit volontiers
à Londres des imaginaires douleurs : les copis-
tes anglais de Childe-Harold ont été négligés en
dépit de leur masque[1]. En France, les imitateurs
ont été plus heureux ; tels romanciers se sont

---

[1] Southey a proclamé lord Byron le chef de l'école satanique, dans laquelle figurent Shelley comme poète athée,
Maturin comme romancier de l'enfer. Byron a répondu à
cette attaque du Lauréat avec une violence qui parfois
mériterait l'épithète inventée par Southey, car il était
a good hater : Il savait haïr. Il est juste de répéter qu'il a toujours désavoué toute communauté d'opinions religieuses avec
Shelley, dont il admirait la poésie indépendamment de ses
doctrines. Quant à Maturin, il l'a aidé dans le malheur ainsi
qu'avait fait sir Walter Scott. Du reste, Maturin serait plutôt
lui-même un chef d'école qu'un imitateur. Ses poésies ne
comptent pas ; mais s'il a exagéré dans ses romans tous les
défauts d'Anne Radcliffe, il est quelquefois admirable. Nous
ne voulons parler ici que des imitateurs secondaires.

emparés d'un héros mystérieux autour duquel
ils ont cru qu'il suffisait d'évoquer des fantômes pour faire un Conrad, un Lara, un
Ivanhoë, ou un Jean Sbogar, etc., etc., plus
extraordinaire que ces créations originales.
L'énergie de quelques pensées a été parodiée
par la boursouflure ; des inversions inconn-
ues, même dans nos vers, ont tenu lieu
de la poésie ou d'une prose savamment cadencée ; un titre sonore ou bizarre a servi
d'enseigne à ce fatras de déraison ; et les auteurs se sont écriés : Nous sommes roman-
tiques comme lord Byron, sir Walter-Scott,
Châteaubriand, etc., etc. Vainement le terme
d'école frénétique a été inventé pour ces
froides extravagances, quelques personnes
s'obstinent encore à confondre le génie avec
la médiocrité, qui n'a su qu'outrer ses erreurs.

Lanouvelle école en France a aussi à combattre les préventions de certains critiques,
éclairés d'ailleurs, mais qui craignent de compromettre par d'indiscrètes concessions ces lois
sévères du goût auxquelles nous devons une
littérature plus riche que celles de la Grèce
et de Rome d'où nous viennent nos modèles.
Il faut cependant convenir que non-seulement les sciences, qui changent l'aspect de
la nature même pour le poète, ont fait des

pas rapides depuis la renaissance des lettres,
mais que les anciens étaient privés de plusieurs moyens d'intérêt, résultat du nouvel
ordre d'idées amené par d'autres croyances
religieuses. Malgré l'arrêt trop exclusif de
Boileau, nos plus grands poètes n'ont pu être
tout-à-fait grecs ou romains dans leurs productions les plus classiques. La Phèdre de
Racine est une héroïne chrétienne, a dit M. de
Châteaubriand. Sous l'empire des divinités
mythologiques, les passions et les sentiments se rapprochaient davantage de la nature des sensations par leur simplicité et
leur moindre énergie. L'homme ne s'était
point créé encore par la réflexion des joies et
des douleurs purement métaphysiques. Il
acceptait le bien et le mal de la vie, comme
il les trouvait, sans chercher un *raffinement*
de bonheur et de peines: C'est la religion du
Christ qui est venue aussi éclairer l'homme
sur ses véritables rapports avec le ciel et sur
ses devoirs envers ses semblables. La philosophie ne peut l'accuser d'avoir « caché la
« lumière sous le boisseau. » Elle lui doit un
idéalisme plus relevé que les théories du disciple de Socrate. La poésie ne lui est pas
moins redevable : qu'elle ne soit pas ingrate,
et n'effraie pas les ames pieuses en répudiant
sa céleste origine. Il faut l'avouer, lord Byron

a des torts à se reprocher contre cette sainte
doctrine d'espérance et de charité. Mais la
mort est venu l'absoudre par une espèce de
baptême de sang.

Il eût été impossible de ne pas parler des
torts de sa vie privée, dans un essai sur son
caractère et son génie ; nous aimons à répéter
que la haine et l'hypocrisie les ont exagérés
avec un cruel plaisir. L'auteur de cette notice
aurait pu facilement exploiter les anecdotes
scandaleuses pour amuser la frivolité malicieuse. Il préfère subir, s'il le faut, le reproche de partialité ; dans ce siècle de passions
extrêmes, la modération a bien aussi son courage.

Un voyageur a trouvé, dans quelques volumes d'une bibliothèque d'Italie, plusieurs
notes marginales de la main de lord Byron.
Il en est une conçue à peu près en ces termes :

« Si tout ce qu'on a dit de moi est vrai, je
« suis indigne de revoir l'Angleterre ; si tout
« ce qu'on a dit est calomnie, l'Angleterre est
« indigne de me revoir. »

Lord Byron racontait lui-même avec atten-
drissement un trait qui venge son caractère
des attaques de ses envieux.

Une sédition éclate en Écosse dans le comté
où est situé l'héritage de sa mère. Les mutins,

à l'approche des propriétés du poète, conviennent entre eux, avec respect, de traverser ses immenses terres un à un, de manière à n'y tracer que l'espace étroit d'un sentier, tandis qu'ils avaient complètement ravagé les champs des autres lords du voisinage. La maison de Pindare, dit celui qui nous a fourni ce trait, reçut, au milieu de Thèbes en feu, l'hommage intéressé d'un roi trop amoureux de la gloire pour ne pas respecter la muse qui la donne ; mais cent fois plus heureux le poète devant qui s'apaise la fureur des séditions, et qui se fait pardonner, au nom de son génie, la double supériorité de son rang et de ses richesses !

L'auteur de l'*Essai sur le génie et le caractère de lord Byron* croit devoir terminer cette première partie par un aveu. Le noble lord a déclaré, dans une note[1], qu'il regardait comme une des plus pénibles calamités attachées à la gloire d'un auteur, celle d'être traduit dans une langue étrangère. Le traducteur des OEuvres de lord Byron, osera reconnaître que la plainte de sa seigneurie est légitime[2] La meilleure des tra-

[1] Voyez les prophéties du Dante.
[2] On connaît le proverbe italien : *Traduttore, traditore* ;

ductions ne donnera jamais qu'une idée in-
complète du génie soumis à cette cruelle
épreuve : irions-nous défendre celle-ci qui ne
fut entreprise que parce qu'une malheureuse
facilité nous permettait de la continuer dans
de courts loisirs, comme une distraction à des
études plus sévères plutôt que comme un travail? Aujourd'hui même, malgré de nombreuses corrections, nous nous estimerons heureux si une muse française, mieux inspirée et
plus digne de lutter contre un auteur tel que
lord Byron, peut quelque jour profiter de
cette imparfaite ébauche et réparer envers lui
les torts de ses premiers traducteurs [1].

Quelques personnes prétendent que la poésie ne doit être traduite qu'en vers. Mais avec
les entraves du rhythme, qui pourrait être tou
jours fidèle? D'ailleurs un grand poète con-
sentira-t-il à ne jouer que le rôle ingrat de traducteur, et l'humble prose ne vaut-elle pas
mieux que les vers médiocres?

Nous avons lu avec plaisir quelques traduc-

[1] Nous avons eu un collaborateur pour les premières
éditions; mais la traduction ne portant plus qu'un nom,
nous avons retraduit entièrement pour la sixième édition
la plus grande partie de *Don Juan*, *Beppo*, *le prisonnier
de Chillon*, *la fiancée d'Abydos*, etc. Nous avons revu seulement les notes de *Childe-Harold* la *Correspondance* et
les *Conversations*.

tions particlles de lord Byron, exécutées en vers français. Il ne nous conviendrait pas de les louer ou de les critiquer, hasardant nous-même ici, une libre imitation de l'ode sublime qu'on trouve dans le troisième chant de *Don Juan*. Il est inutile de rappeler que cette *Messénienne* est antérieure aux derniers événements de la Grèce.

L'essai suivant laissera à regretter plusieurs idées remarquables ; quant aux strophes que nous avons ajoutées à celles qui appartiennent presque littéralement au poète anglais, nous regrettons de ne pouvoir répéter le mot du Corrége : *Anch' io son pittore!*

L'ODE DU POÈTE GREC.

I.

Grèce, berceau des arts, quand ta gloire est flétrie,
L'étranger ne peut plus louer que ta beauté.
Ta beauté, don fatal! malheureuse patrie,
        Qu'as-tu fait de ta liberté?

II.

La muse qui peupla de nymphes tes bocages,
La lyre qui chantait les dieux et tes héros,

Charmant de leurs accords de plus heureux rivages,
     Ne réveillent plus tes échos.

III.

J'aime sur Marathon à voir lever l'aurore!
Là le Perse connut quels étaient nos aïeux. —
J'ai rêvé quelquefois à l'aspect de ces lieux
     Que la Grèce était libre encore.

IV.

Où sont-ils ces guerriers, la terreur des tyrans?
Un barbare a brisé leur urne funéraire!
O Grèce, le tombeau de tes nobles enfants
     N'a pas conservé leur poussière.

V.

Et nous! d'indignes fers déshonorent nos bras:
« Esclaves! » ce nom seul est un cruel outrage!
Suffit-il de rougir, et n'oserons-nous pas
     Briser enfin notre esclavage?

VI.

Terre, entr'ouvre ton sein! de tes héros vengeurs,
Qu'un seul vienne aujourd'hui nous guider à la gloire;
Qu'il fasse retentir ces mots chers à leurs cœurs,
     Liberté, patrie et victoire!

VII.

Quelle voix du tombeau répond avec courroux :
— « Nous ne serons point sourds aux cris de la vengeance !
« Répétez-le, vivants ! Nous combattrons pour vous ! »
    — Les vivants gardent le silence.

VIII.

Mais ils ont entendu le signal du plaisir ;
Voyez-les, se livrant aux transports d'une fête,
Lâchement étouffer l'importun souvenir
    Qu'avait soulevé le poëte.

IX.

Un groupe de beautés répète un chant d'amour !...
Je sens des pleurs amers sillonner mon visage
En pensant que leurs seins allaiteront un jour
    Des fils voués à l'esclavage :

X.

Mer, reçois dans tes flots le poëte mourant !
Ta voix couvre les sons de ma plainte affaiblie ;
Dans ma terre natale, au barbare asservie,
    Je ne veux pas de monument.

XI.

— Sunium fut témoin de son heure dernière ;
Les convives joyeux revenus sur ces bords

7

Ne purent retrouver sans un secret remords
Son luth muet et solitaire.

XII.

Un musulman survient ; son farouche mépris
Aux fils de Thémistocle a fait baisser la tête,
Et, brisant sous leurs yeux la lyre du poète,
Il en foule aux pieds les débris. [1]

Malgré une foule d'ouvrages publiés sur la
vie privée de lord Byron, aucun ne saurait
nous consoler de la destruction, réelle ou si-
mulée, de ses *Mémoires*. Rien ne saurait justifier M. Moore d'avoir trahi la confiance de
son noble ami, d'avoir sacrifié la vérité à des
scrupules de famille, à des intérêts de coterie. Lord Byron n'avait donné à M. Moore
que *le prix* de son manuscrit, mais l'ouvrage
lui-même est un legs fait au public, et dont
M. Moore n'avait pas le droit de nous frustrer.
Comment oublia-t-il, au moment de l'*auto-da-fé*
de ces précieux volumes, ce qu'il avait dit lui-
même en les recevant : « Que de milliers d'ê-
« tres, qui respirent à cette heure sur le vaste
« univers, renonceraient avec joie au sommeil,

[1] Ces trois dernières strophes ne sont point dans l'original.

« pendant de longues nuits pour fixer comme
« moi leurs regards avides sur ces précieuses
« pages! » Les reproches de ces *milliers d'êtres*
accompagneront partout M. Moore, jusqu'à
ce que quelque heureuse indiscrétion venge la
mémoire de lord Byron; car le manuscrit a eu
plus d'une copie : lady Burghersh en possède une, et M. Moore lui-même se dé-
cide enfin à publier ce qu'il a retenu de la
sienne.

La *Correspondance avec M. Dallas et sa*
mère, que la famille de Byron n'a pu empêcher qu'on publiât en France, n'offre que
quelques lettres intéressantes. *Byron et quel-*
ques-uns de ses contemporains, par Leigh
Hunt, est une production où Byron ne joue
qu'un rôle insignifiant[1]. Nous préférons les
Conversations recueillies par le Capitaine Medwin, qui ont l'avantage d'être une espèce de

---

[1] Nous aimons à citer ici, comme nous l'avions déjà fait
dans le septième volume de notre édition in-8, un ouvrage
conçu et exécuté sur le plan de l'*Essai*. Nous disions alors
et répétons volontiers que l'auteur, madame L. S....B....c,
réunit à un tact exquis de critique, l'enthousiasme du vrai
et du beau. Ses essais de traduction ne sont pas moins remarquables que ses commentaires poétiques. Madame S. B.
a eu l'avantage de venir après nous; mais nous avouons,
que, malgré quelques erreurs dont aucune traduction,
peut-être, n'est exempte, si elle nous avait gagné de vi-
tesse, nous n'aurions jamais osé venir après elle.

commentaire pour les œuvres du noble lord ;
c'est lui qui nous a fait connaître le premier ce
fidèle Fletcher, le *Sganarelle de Don Juan.*

La véracité du capitaine Medwin n'a pu être
mise en doute ; on s'est vu forcé de lui faire
un grand crime de quelques inexactitudes.
M. Murray surtout a produit plusieurs lettres
qui sembleraient faire croire que lord Byron
exagérait un peu, dans la conversation, les
torts de son libraire. Quant à lady Byron
et à sir Ralph Milbanke, nous ne saurions
écouter leurs réclamations avec la même faveur ; ils ont reculé devant la vérité, en con-
damnant aux flammes les *mémoires* du poète.
Après avoir étouffé cette voix qui se fût élevée contre eux de la tombe même de Byron,
osent-ils bien se plaindre quand un ami se
rend l'écho de quelques-unes de ses paroles ?

M. Medwin est un officier honorable de l'armée anglaise que nous avons vu quelquefois
à Paris, et nous avons pu aprécier sa modestie
et sa candeur, vertus qui ne sont pas amies du
scandale. M. Medwin était aussi, comme
poète, digne de commenter les pensées de lord
Byron. Son *Assuérus* (ou le *Juif errant*) peut
être cité après *Manfred.* Il est enfin à regretter que le capitaine Medwin n'ait pas été
choisi de préférence à Thomas Moore pour
garder le dépôt des confidences de lord By-

ron, et nous devons lui savoir gré des révélations curieuses que contient le trop court mémorial de son séjour à Pise [1].

[1] Comme notice biographique et littéraire, il n'existe en Angleterre aucun ouvrage aussi complet sur Byron que la notice de M. Lake publiée à Paris en tête de l'édition anglaise de ses œuvres, 7 vol. in-8.

SUR LORD BYRON.

SECONDE PARTIE.

DEPUIS LE DÉPART DE LORD BYRON POUR LA GRÈCE
JUSQU'A SA MORT.

L'éditeur des conversations de lord Byron
a rapporté avec détail la dispute qui eut lieu
à Pise entre lord Byron et le sergent major
Massi. Par suite de cette affaire désagréable,
il se retira à Livourne ; mais la famille Gamba
ayant été bannie des états toscans, lord Byron
alla se fixer à Gênes.

Il s'était intéressé, non-seulement par ses
vœux, mais par des secours secrets à toutes
les conspirations que l'Italie vit éclore en faveur de la liberté. Le mauvais succès de tout
ce que tentèrent les patriotes italiens, le dés-
appointement qu'il eut en voyant l'Espa-

gne elle - même se laisser conquérir par
les Français, poursuivant rapidement jusqu'au Trocadéro leur promenade militaire,
l'arme au bras, firent tourner toutes les pensées politiques de lord Byron du côté de la
Grèce, lorsqu'elle répondit enfin aux vers de
Childe-Harold par des cris d'indépendance. Il
éprouva l'ennui de la vieille Europe, il connut la satiété de sa propre gloire littéraire,
comme jadis il avait connu la satiété des jouis-
sances d'une jeunesse bruyante et dissipée.
Une noble ambition s'empara de lui : il espéra
régénérer dans la Grèce rajeunie son existence
de descendant des Byron de Normandie, son
existence de grand seigneur voluptueux, son
existence de poète.

Il s'exalta à l'idée d'aller faire de la poésie
en action, et commença secrètement ses premiers préparatifs, après avoir d'abord envoyé
une somme assez considérable aux Hellènes,
voulant, dans la cause qu'il embrassait, payer
à la fois de sa fortune et de sa personne. Il
s'accusait lui-même à cette époque de thésau-
riser, et parlait en riant de son avarice!

Lord Byron habitait une maison de campagne magnifiquement située sur le golfe de
Gènes, et semblait borner tous ses plaisirs à
des promenades à cheval et à la contemplation
de la mer. Les Génois ne voyaient en lui qu'un

lord indolent, amoureux du *farniente*, comme
un autre Vatheck[1], venu en Italie pour jouir
de leur beau soleil et de leur beau climat,
quand il méditait de vastes projets de régénération politique et de croisade guerrière. Sa
Teresa (madame Guiccioli) souriait en
le voyant essayer un casque sur sa tête, et
peser une épée avec cette main élégante dont
il était soigneux comme un petit-maître : elle
oubliait que Napoléon aussi était fier de la
sienne : Renaud folâtrait encore aux genoux
d'Armide; mais le bouclier d'Ubalde avait
dessillé ses yeux.

Avant d'accompagner lord Byron sur cette
terre où il allait commencer une nouvelle
vie, hélas! si courte, nous citerons par ex-
traits la relation d'une visite que lui rendit
à Gênes un jeune Français, aussi spirituel
qu'aimable, et « trop aimable même pour être
auteur, » selon Byron : éloge épigrammatique,
qui, soit dit en passant, rappelle un peu trop
l'auteur aristocratique, et rend peut-être raison du titre dont il accompagna le billet mêlé
au récit de M. C...n.

« C'est, pénétré du vif désir de voir le premier poète de l'Angleterre et de l'époque,

---

[1] Voyez l'allusion à M. Beckford dans le premier
chant du Childe-Harold, strophe 23.

que j'entrepris, au commencement de 1823,
un voyage en Italie, où j'allais chercher
quelques distractions à une perte récente et
cruelle, me rappelant les strophes de ce chantre de la douleur et du désespoir :

> « *Oh Rome! my country! city of the soul!*
> « *The orphans of the heart must turn to thee,*
> « *Lone mother of dead empires!.....*
> «   . . .   *Come and see*
> « *The cypress, hear the owl and plod your way,*
> « *O'er steps of broken thrones and temples, etc.*

« Que ceux dont le cœur est orphelin vien-
« nent te contempler, Rome! patrie de mon
« choix, cité de l'ame, mère délaissée des
« empires détruits..... Venez voir ces cyprès,
« venez entendre ces hiboux, venez fouler
« sous vos pas les débris des trônes et des
« temples, etc. »

« Autant je souhaitais d'approcher lord
Byron, autant je craignais de ne pouvoir être
admis en sa présence. Je savais qu'il avait
refusé de recevoir les étrangers qui lui étaient
adressés, même par ses plus intimes amis ;
je m'étais muni en conséquence de lettres
pour les personnes qu'il fréquentait habi-
tuellement à Venise, dans l'espoir de le ren-
contrer chez elles ; je sus à Turin qu'il habi-

tait depuis quelques mois les environs de Gênes.

« Cette ville n'était pas sur mon itinéraire ; cependant, malgré les rigueurs de l'hiver, et les périls d'une route inachevée à travers les Apennins, je me décidai à m'y rendre, bien plus impatient encore de contempler l'homme extraordinaire qui s'y était retiré que toutes les merveilles des arts, qui décorent le malheur de cette seconde reine détrônée de la Méditerranée.

« Ces palais de marbre déserts, cette grandeur éclipsée, ce théâtre vide et silencieux de tant de scènes variées et brillantes, la léthargie et la misère du despotisme après la vie et la prospérité républicaines ; l'asile des lettres enfin, occupé par les soldats du roi de Sardaigne, parce que leurs disciples s'étaient prononcés pour les lois dans une tentative d'indépendance malheureuse ; tous ces contrastes me semblèrent faits pour plaire à ce peintre de la nature, à cet historien du cœur humain, dont les altières productions révèlent tant de grandes et profondes méditations.

« Comme Gênes, lord Byron avait été aux prises avec le sort et les hommes ; la nature l'avait aussi paré de tous ses dons, la civilisation de tous ses enchantements, et, comme elle, son orageuse destinée le laissait, jeune encore, triste, fier, aimable et seul.

« J'écrivis simplement à lord Byron qu'un jeune Français, qui n'avait d'autres droits à être admis près de lui, que son admiration pour son génie, s'estimerait heureux s'il daignait le recevoir.

« J'attendis avec une sorte d'anxiété le retour de mon messager; j'avais peu d'espoir de voir agréer ma demande; je me représentais de combien de curieux Childe-Harold devait être importuné avec des droits bien plus fondés et moins généraux que les miens; je rêvais à quelque moyen nouveau, piquant, dramatique, analogue à sa capricieuse sauvagerie, ou à celle de ses héros, pour atteindre mon but, avec une espérance intérieure néanmoins, fondée sur la simplicité de ma demande, sur le dénûment même où je me représentais de toute voie d'introduction, et qui devait tenter sa générosité hautaine. Je ne me trompais pas. On me rapporta avec un grand cachet revêtu de ses armes et cette devise : *crede Byron*, une lettre en italien ainsi conçue :

« Monsieur, il me sera bien agréable de « faire votre connaissance; mais je regrette « infiniment de vous dire que, n'ayant pas « l'habitude du français, pour le parler ou

« l'écrire, je ne pourrai pas profiter de tous
« les avantages de votre conversation, ni y
« répondre en cette langue par la mienne. Si
« malgré cela ma déclaration ne vous effraie
« pas, je serai charmé de recevoir votre visite
« demain sur les deux heures. Recevez les
« sentiments d'estime que vous m'inspirez,
« et avec lesquels j'ai l'honneur d'être,

        « Votre très-humble et très-obéissant
                « serviteur,

                    « NOEL BYRON,

                « *Pair d'Angleterre.* »

    « Je fus exact au rendez-vous. Plein d'émo-
tions diverses, je me fis conduire le lendemain, 7 janvier, sur l'Albaro, coteau qui domine Gênes; et où, parmi les admirables
maisons de plaisance des Giustiniani, des
Brignole, et celle qu'on a si justement appelée *Il Paradiso*, chefs-d'œuvre d'architecture,
ornés de fresques d'élèves de Raphaël, avec
les plus beaux aspects du monde, se trouve
la *Casa Saluzzi*, d'où l'on jouissait à la fois
de la vue de la mer, de la ville et des Appen-
nins, et dont Byron avait préféré le poétique
séjour.
    « La cour était environnée de cyprès taillés

en ifs, en corbeilles, en vases, et ces formes
artificielles annonçaient du moins que ce n'é-
tait pas une maison abandonnée; car au gazon
qui couvrait la terre, aux plantes sauvages
qui fleurissaient autour des murs, à la dégradation du bâtiment empreint d'une ancienne
splendeur, le palais paraissait :

SOLITAIRE COMME SON HOTE.

But now, as is a thing unblest by man,
Thy fairy dwelling is as lone as thou!

CHILDE-HAROLD, ch. I. st. xxiii.

« Un laquais d'une livrée riche à la fois et
sale, et qui faisait les fonctions de chasseur,
m'annonça. Lord Byron jouait au billard avec
le comte Giuliano, un de ses amis. Il passa
dans une grande salle à côté, qui lui servait
de bibliothèque et où les livres étaient rangés en cercle sur une grande table. J'y fus
introduit par un jeune homme en costume
oriental. La figure de cet Albanais me frappa
par sa noblesse et sa beauté. Une grande
barbe ombrageait son menton, il pouvait
avoir vingt-cinq ans.

« Son illustre maître s'avança vers moi avec
une expression pleine de bienveillance et de

charme. La grâce de ses manières, cette simplicité élégante, apanage du grand monde,
plus que de la vie contemplative, dissipèrent
mon embarras.

« Je m'étonnai d'abord de la petitesse de sa
taille, tant nous sommes disposés à prêter
des formes héroïques à ceux qui occupent
une vaste place dans notre imagination. Il
était vêtu de noir, un large pantalon couvrait
ses pieds, ce qui me rendait impossible à
distinguer s'il y en avait un de contrefait; un
habit noir étroit, un col de velours de la
même couleur, le costume plus que négligé
du plus humble poète était celui du noble
lord dont le libraire payait chaque vers une
guinée.

« Il était dans la force de l'âge; cependant
l'empreinte des passions se laissait voir sur
cette figure brune et pâle. Elles avaient blan-
chi avant le temps une partie de ses cheveux
d'un châtain foncé, qui tombaient en boucles
naturelles sur son front large et élevé. Sa bouche un peu grande, garnie de dents blanches
et bien rangées, soit par sa construction naturelle, soit comme trace de sa pensée, avait
peut-être quelque chose de précieux et d'affecté. Je songeai à ce mouvement des lèvres
de Conrad qui *révélait des idées d'orgueil qu'il
avait peine à contenir.*

And oft perforce his rising lip reveals
The haughtier thought it curbs, but scarce conceals.

« Mais une expression vraiment sublime était celle de ses yeux. Tout son génie y étincelait. Je les verrai toute ma vie s'élevant tour à tour et naturellement vers le ciel, où il cherchait une inspiration et le mot pour la rendre, et s'abaissant ensuite avec l'éclat du succès et de la bienveillance.

« En voyant Byron enfin, on comprenait cette vive séduction qu'il a dû exercer sur les femmes par la noblesse de ses traits, par la beauté idéale et rêveuse de sa physionomie, par ce mélange d'enthousiasme et de moquerie qui le montrait également puissant à exciter et à détruire des émotions, et qui donnait à son caractère un attrait mystérieux.

« Avec moi, jeune Français, aimant et cultivant les lettres, je ne saurais dire combien il mit à la fois de grâce, de coquetterie et d'abandon dans ses manières et dans sa conversation. Il semblait chercher à détromper en ma personne mes compatriotes que tant de calomnies de tout genre pouvaient avoir imbu de préventions contre *l'auteur du Vampire*, et dont l'opinion lui était d'un haut prix. « On « vous l'a peint, n'est-ce pas, comme un ours,

« comme un monstre, me disait la personne
« présente à nos entretiens; vous le voyez,
« vous l'entendez; » et je convenais de bien
bon cœur qu'il était difficile d'être à la fois
plus sublime et plus aimable.

« Ai-je besoin de dire que les traits fugitifs
d'une conversation s'émoussent et perdent
toute leur force dans un froid récit, sans l'à-
propos, l'accent, l'expression de l'interlocu-
teur?

« En essayant d'en retracer quelques-uns,
je sens bien que je n'offre qu'une ombre de
ce qui pour moi était si vif, si animé, si énergique; mais on cherche et on trouve souvent
le caractère des hommes distingués jusque
dans leurs mots les plus frivoles.

« Je crus devoir m'excuser d'abord de l'indiscrétion de ma démarche; lord Byron me
dit combien il en était reconnaissant et flatté,
et me renouvela en très-bon français ses regrets de ne pas mieux se servir de cette langue. Sur mon observation que j'avais cru le
contraire, ou qu'on citait à Paris des bons
mots tout français de lui, et lui ayant parlé de
celui sur lady Caroline Lamb, il raconta
qu'effectivement, à Venise, le comte Cico-
gnara lui ayant demandé pourquoi lady Caroline avait fait de lui un portrait si affreux
dans *Glenarvon*, il lui avait répondu par cette

plaisanterie : « C'est que je ne lui ai pas donné
« assez de séances. »

Nous parlâmes de Venise ; c'est là que je
pensais qu'il serait retourné après son aventure de Pise.

« Non, me dit-il, je suis venu ici où je suis
« parfaitement libre, où j'écris ce que je veux.
« J'ai habité cinq ans Venise, je ne sais trop
« pourquoi ; comme on reste auprès d'une an-
« cienne maîtresse ; plus par habitude que par
« sentiment. »

« Vous venez de Paris ; y avez-vous vu
« Thomas Moore ? » Sur ma réponse affirma-
tive : « Un petit homme ! » faisant signe de la
main qu'il était un peu bossu « Eh bien !
« quelle sensation y a-t-il produite ? —Pas autant qu'il aurait dû en faire. On l'entendait
avec plaisir chanter et accompagner sur sa
guitare ses Mélodies irlandaises ; mais ses
succès se bornaient à cela.

— « C'est qu'il était là. » . . . . . .

. . . .

— « Comment, lui dis-je, n'êtes-vous jamais
« venu à Paris juger vous-même les choses et
« les hommes distingués qu'il renferme ?

— « J'y pensais en 1815 ; mais la Sainte-
« Alliance y était alors tout entière, et je ne
« me souciais pas de l'y voir. »

« Il me fit un éloge exalté de cette Grèce

7.

qu'il avait adoptée pour sa patrie, avant qu'elle
ne l'adoptât, et dont le nom, mêlé à une re-
commandation tristement prophétique, se
trouve encore dans les dernières lignes qu'il
m'adressa.

« Pour Naples, me dit-il, je n'y ai jamais
« été, et la dernière conduite des Napolitains
« me dégoûte tout-à-fait de les visiter. »

« Mais tout ce qu'il y avait en lui d'altier,
d'ardent, d'irritable, se développa lorsque la
conversation amena le sujet de sa récente affaire de Pise. Il me raconta avec le plus grand
détail que, revenant de se promener à cheval
avec quelques-uns de ses amis, ils avaient été
heurtés par un militaire, et qu'ils n'en avaient
tiré que des injures pour toute explication.
Une lutte s'ensuivit, parce que le militaire
avait appelé des camarades à son aide; et me
montrait son domestique albanais, qui en ce
moment traversait la bibliothèque : « Celui-
« là prit au collet ce furieux, qui dans la mê-
« lée fut blessé.

« Je lui avais offert de me battre avec lui;
« mais comme c'était un simple brigadier,
« l'affaire d'honneur n'eût pas été bien ho-
« norable.

« Au reste, j'ai rendu compte de tout à
« notre ministre à Florence, qui m'a approu-
« vé; et j'ai empêché, avant que l'affaire ne

« fût éclaircie, qu'aucun de ceux qui en
« avaient été témoins ne s'absentât.

« Remarquez, ajouta le comte Giuliano,
« que mylord a généreusement indemnisé
« toute la famille du sergent.

« Je vous prie, faites-moi grâce, ajouta sè-
« chement Byron, de vos éloges. »

« On venait d'exposer à Paris le tombeau
égyptien de Belzoni, il devint le sujet de la
conversation. Byron me demanda si j'avais
vu ce voyageur. Je lui répondis qu'oui, et que
j'avais été frappé de sa force corporelle et de
sa taille.

« Vous ne sauriez croire, me dit-il, com-
« bien elles lui avaient donné d'autorité en
« Égypte. Mais ce qui est plus extraordinaire
« encore, c'est la multitude des intrigues
« qu'il y avait établies. »

« En cherchant le voyage de Belzoni, il me
fit voir au frontispice son portrait gravé,
mais dont la costume musulman, observat-
t-il, changeait beaucoup la ressemblance. Il
regretta qu'avec tant de moyens de pénétrer
la vérité, Belzoni ne se piquât pas plus de la
dire.

Un des hommes que je désirais le plus voir,
« me dit-il, était Goëthe. C'est là un génie
« excentrique. » Et il témoigna une vive admiration pour ses divers ouvrages.

« Nous sommes, dit-il, en relation, sans
« nous être jamais serré la main ; mais je me
« propose bien de l'aller chercher quelque
« jour à Weimar. »

« Voilà en grande partie, et autant que ma
mémoire peut me les rappeler, les opinions
et les jugements qu'émit Byron dans les trop
rapides moments que je passai près de lui. Je
l'ai dit : c'est lui qui donnait du prix à ces
riens, qui, détachés, peuvent n'avoir que
peu d'intérêt, mais qui dans leur ensemble,
avec la grâce qu'il y mettait, avec tous les
soins d'une hospitalité charmante, en avaient
un extrême. Certes, il n'est pas de grand homme qui ne perdît au fidèle tableau de sa conversation familière ; il n'en est peut-être pas
cependant qui, aussi bien que celle de Byron, répondît à l'attente qu'elle faisait naître.

« Il n'était pas exercé à parler le français,
et il se servait avec moi de l'italien, qu'il
prononçait comme s'il avait été sa langue natale. Le comte Giuliano avait la bonté d'inter-
préter au commencement les termes que je ne
comprenais pas ; mais la vivacité de Byron
ne s'accommoda pas long-temps de cette gêne
qui refroidissait la conversation ; après avoir
traduit lui-même quelques-unes de ses expressions, il ne fit bientôt plus usage que du

français avec moi, qui, soit par ses tournu-
res, soit par son accent étranger, avait une
force et une originalité nouvelles dans sa
bouche. »

C'est de Gènes qu'est datée une lettre de lord
Byron écrite à un autre français M. B..., pour
justifier le caractère de sir Walter Scott. Cette
lettre fait également honneur aux deux poètes.
Elle répond à une attaque qui n'intéressait pas
moins l'amour-propre de Byron que celui de
Walter Scott : mais lord Byron ne s'occupe que
de la cause de son rival. Walter Scott venait
aussi d'envoyer pour les Grecs une somme assez
considérable; car malgré ses opinions politiques, malgré quelques actes publics de courti-
sanerie qui n'étaient qu'un sacrifice à la cir-
constance, Walter Scott aime aussi la liberté.
On a trouvé froide son apologie de Byron après
sa mort : cette apologie n'est point passionnée,
mais elle n'est pas froide cependant : on doit
savoir gré au baronet créé par Georges IV, à
l'écrivain ministériel, d'avoir rendu justice
aux beautés de *Don Juan*. Voici la lettre de
lord Byron : nous avons transcrit aussi en son
lieu l'apologie de Walter Scott.

Gènes 19 mai 1823.

« Monsieur,

« A présent que je sais à qui je dois la men-

7..

« tion flatteuse de mon nom dans *Rome, Naples*
« *et Florence en* 1817, par M. de Stendhal, il
« est juste que j'offre mes remercîments (agréa-
« bles ou non, et pour ce qu'ils valent) à
« M. Beyle, avec qui j'eus l'honneur de faire
« connaissance à Milan, en 1816. Vous m'a-
« vez fait trop d'honneur par ce qu'il vous a
« plu de dire dans cet ouvrage; mais ce qui
« m'a causé autant de plaisir que les louanges
« mêmes que vous me donnez, c'est d'appren-
« dre enfin (par hasard) que j'en suis redeva-
« ble à quelqu'un dont j'étais réellement am-
« bitieux d'obtenir l'estime. Tant de change-
« ments ont eu lieu depuis cette époque dans
« le cercle de Milan, que j'ose à peine en
« rappeler le souvenir.... La mort, l'exil et
« les prisons autrichiennes ont séparé ceux
« que nous aimions.... Le pauvre Pellico!
« j'espère que, dans sa solitude cruelle, la
« Muse le console quelquefois.... pour nous
« charmer encore un jour, quand son poète
« sera rendu avec elle à la liberté.

« De vos ouvrages, je n'ai vu que *Rome,*
« les *Vies de Mozart et d'Hayden* et la bro-
« chure sur *Racine et Shakspeare*. Je n'ai pas
« eu encore la bonne fortune de trouver votre
« *Histoire de la peinture.*

« Il y a, dans votre *brochure*, une partie de
« vos observations sur lesquelles je me per-

« mettrai quelques remarques : c'est au sujet
« de Walter Scott. Vous dites que *son carac-*
« *tère est peu digne d'enthousiasme*, en même
« temps que vous mentionnez ses ouvrages
« comme ils méritent de l'être. Je connais de-
« puis long-temps Walter Scott, je le connais
« beaucoup, et je l'ai vu dans des circons-
« tances qui mettent en évidence *le vrai ca-*
« *ractère* de l'homme. Je puis donc vous cer-
« tifier que son caractère est digne d'admira-
« tion, que de tous les hommes il est le plus
« *franc*, le plus *honorable*, le plus *aimable*.
« Quant à ses opinions politiques, je n'ai rien
« à en dire : comme elles diffèrent des mien-
« nes, il est difficile pour moi d'en parler;
« mais Scott est *parfaitement sincère* dans ses
« opinions, et la sincérité peut être humble,
« mais elle ne saurait être servile. Je vous
« prie donc de corriger ou d'adoucir ce pas-
« sage. Vous pourriez attribuer peut-être ce
« zèle officieux de ma part à une fausse affec-
« tation de candeur, parce que je suis auteur
« moi-même; attribuez-le au motif que vous
« voudrez, mais *croyez la vérité* : je dis que
« Walter Scott est un aussi *excellent homme*
« qu'un homme peut l'être, parce que je le
« sais par expérience.
    « Si vous m'accordez l'honneur d'une ré-
« ponse, veuillez bien me l'adresser au plus

« tôt, parce qu'il est possible (quoique pas
« encore décidé jusqu'à présent) que les cir-
« constances me conduisent encore une fois
« en Grèce. Mon adresse, pour le moment, est
« à Gènes ; et, si j'étais absent, on me ferait
« parvenir votre lettre partout où je serais.

   « Je vous prie de me croire, avec un sou-
« venir très-vif de notre courte connaissance
« et l'espoir de la renouveler un jour,
   « Votre très-obligé et obéissant serviteur,

                « *Signé* Noel Byron. »

Cette lettre date du 19 mai. Ce fut trois
mois après que lord Byron fit en effet ses derniers adieux à Gènes et à l'Italie. Au commencement du mois d'août il s'embarqua à Livourne, sur l'*Hercule*, capitaine Scott, qu'il
avait freté exprès à son usage, et accompagné
de quelques amis, entre autres de Pietro
Gamba, frère de cette chère Teresa, qu'il ne
devait plus revoir.

On trouvera dans le dernier volume de
la traduction de ses œuvres, un extrait des
diverses relations publiées par ceux qui partagèrent ses travaux et ses périls dans la patrie des Hellènes ; les ouvrages de P. Gamba,
du colonel Stanhope, du capitaine Parry, etc.,
sont également curieux à consulter.

Lord Byron arriva à Céphalonie dans les premiers jours du mois d'août 1823. Curieux de voir le phénomène d'un volcan, il fit détourner son vaisseau de la route directe afin de s'approcher de l'île de Stromböli ; mais il attendit vainement plusieurs heures; pour la première fois , dit-on, de mémoire d'homme, la lave resta assoupie pendant une nuit et un jour. Byron s'éloigna avec une sorte de dépit causé par ce caprice du volcan qu'il venait saluer avec son admiration de poète.

Lord Byron courut le danger d'un naufrage; mais enfin arrivé en vue de cette Grèce qu'il venait sauver, il resta long-temps incertain sur le lieu où il devait établir sa résidence ; il craignait avant tout de paraître se livrer à une des factions qui menaçaient déjà de compromettre les premiers succès des Hellènes. Il se vit flatté par toutes, et conserva assez heureusement son impartialité.

En dédommagement de ses travaux , de ses périls et de la généreuse distribution de tout ce qu'il possédait , il ne demandait que la liberté de la Grèce. Aussi fut-il accueilli partout avec un enthousiasme qu'aucun étranger n'a excité depuis , à l'exception de notre brave Fabvier. Il employa aussi son influence a adoucir les rigueurs de la guerre, en délivrant plusieurs prisonniers turcs qu'il renvoya à ses frais à Yushef Pacha. Enfin, on put admirer en lui toutes les vertus chevaleresques de ces preux dont il pouvait désormais se dire le descendant avec un juste orgueil. Rien ne put le lasser dans sa carrière de gloire, et son enthousiasme était d'autant plus remarquable, qu'il voyait les choses sans illusion, et s'exprimait franchement sur la cause qu'il était venu servir.

L'intérêt de cette cause exigea malheureusement qu'il établit son séjour à Missolonghi, dont le climat devint mortel pour lui. Quelques contrariétés contribuèrent aussi à miner sa santé. Nommé général de l'armée qui devait marcher contre Lépante, le retard de cette expédition l'affligea profondément. Il eut une attaque d'épilepsie qui acheva d'abattre ses forces. Cependant il se disposait à se rendre au congrès de Salone, où devaient se réunir tous les chefs des Hellènes; mais, le 9 avril, il fut atteint de la maladie qui devait terminer ses jours. Son vieux domestique Fletcher, qui l'avait vu naître, et qui reçut son dernier soupir, a écrit de sa main le naïf récit de ses souffrances et de sa mort. Il expira en prononçant les noms chéris de sa sœur et de sa fille, le 19 avril 1824.

FUNÉRAILLES

DE

LORD BYRON EN ANGLETERRE.

Lord Byron avait désormais deux patries, celle où il était né, mais dont il s'était privé par un exil volontaire; celle où il était allé mourir martyr de l'indépendance, de cette patrie adoptive. La Grèce disputa à l'Angleterre les restes de son nouveau Tyrtée[1], pour

[1] Les tyrans de l'Irlande n'ont vu que des *ilotes* dans la Grèce moderne. Si du moins ils ne vantaient pas leur philantropie! Rien ne déshonore le caractère anglais comme

les déposer auprès de ceux de Botzaris. Mais les Anglais qui ont dépouillé Athènes des ruines de ses tombes antiques, lui ont ravi aussi le cercueil de celui qui en avait évoqué les illustres mânes au nom de la gloire et de la liberté! Ils avaient du moins pour eux des vers où Byron exprime en effet le désir de laisser ses cendres à sa terre natale.

De stériles honneurs attendaient ces cendres sur le rivage d'Albion! les exécuteurs testamentaires du poète, MM. Hobhouse et Honsou, vinrent les recevoir et un cortége respectueux les accompagna jusqu'à sa dernière demeure. Hélas! on ne vit point dans ce cortége son épouse inexorable, ni cette jeune Adda, « fille chérie de son cœur. »

la politique hypocrite du cabinet de Saint-James envers la cause grecque :

Interroges Parga sur la foi britannique!

dit un poète qui, après avoir vainement, comme lord Byron, invoqué les rois de la chrétienté en faveur des enfants d'Homère, s'écrie, en parlant aux Grecs dans une de ses épîtres brillantes de verve et de raison :

Si des fils d'Albion, secondant vos efforts,
Sont venus vous porter leur sang et leurs trésors,
La gloire de leur mort n'absout pas l'Angleterre;
Et si du fier Byron la voix perçait la terre,
Ses accents indignés s'uniraient à ma voix
Pour repousser la main que vous tendent ses rois.
                                        Épîtres de M. Viennet.

En l'absence de l'épouse légitime, un singulier hasard fit assister en quelque sorte au
convoi funèbre, une des femmes dont l'amour
adultère avait contribué à la célébrité de
Byron. Nous avons nommé quelquefois lady
Caroline Lamb, qui avait abandonné son mari
pour le poète, et qui, abandonnée à son tour,
croyait avoir cessé de l'aimer parce qu'elle
l'avoit rendu le héros d'un roman satirique
écrit sous la dictée de son dépit.

Lady Caroline, retirée dans son château de
Brocket-Hall y recevait quelquefois M. Lamb,
ramené auprès d'elle par un indulgent oubli
du passé. La nouvelle de la mort de lord Byron à Missolunghi avait même fait en apparence peu d'impression sur celle qui lui sacrifia
jadis sa réputation et le bonheur domestique.
Un jour que M. Lamb et lady Caroline se pro-
menaient à cheval sur la route de Nottingham,
leurs chevaux s'arrêtent en apercevant devant eux un long cortége noir. Des constables
et des hérauts d'armes ouvraient la marche;
puis venait un coursier de parade, richement
caparaçonné en velours noir brodé d'or, conduit par deux pages, et monté par un cavalier
qui soutenait une couronne de pair d'Angleterre sur un coussin cramoisi. Immédiatement
après roulait lentement un char attelé de six
chevaux, couvert de tentures de deuil, et con-

tenant une urne sépulcrale. La marche était
fermée par d'autres voitures funèbres, et des
cavaliers, la tête baissée, l'air recueilli. C'était
le convoi qui transportait à Newstead-Abbey
les cendres de lord Byron. M. Lamb et lady
Caroline s'étaient rangés de côté pour laisser
défiler ce lugubre cortége. Lady Caroline,
immobile, pâle et glacée, ne reconnut que
trop les écussons du poète, et cette devise
qu'elle avait si souvent approchée de ses lèvres sur le cachet de ses lettres. Elle fut ra-
menée mourante à Brocket-Hall, et une maladie longue et sérieuse succéda à cette scène
de douleur. Pendant cette maladie, un délire
presque continuel avait inspiré à lady Caroline
les paroles les plus étranges; la santé du corps
lui revint seule, mais sa raison était restée avec
ses songes. Cependant elle s'aperçut elle-
même, dans quelques moments plus calmes,
du désordre de ses idées. Ses souvenirs étaient
si funestes, qu'elle s'exagérait encore tout ce
qu'ils pouvaient avoir prêté d'extravagance à
son langage dans les heures de son délire. Elle
repoussa les soins de son mari et lui déclara
qu'elle ne pourrait plus le revoir qu'à de longs
intervalles. Je vous trompais, lui dit-elle, je
n'ai jamais cessé de l'aimer; mais maintenant
je serais doublement coupable de vous rendre
témoin de la préférence que je donne sur vous

à une ombre. Oui, je l'aime encore mort comme vivant : je le vois, je lui parle, il habite ce château ; éloignez-le, ou laissez-moi seule avec lui. » M. Lamb respecta ces regrets d'une passion criminelle sans doute, mais associée désormais à une folie qui ne méritait plus que la pitié. Il venait chaque mois saluer son épouse et retournait le même jour à Londres ! il lui écrivait en son absence et entrait dans toutes ses idées. La mort seule termina le délire de lady Caroline. On assure cependant que ses derniers instants furent plus calmes. N'était-ce pas chez elle l'effet du pressentiment qu'elle devait avoir de son prochain départ pour ce monde de fantômes où, depuis la mort de Byron, elle vivait déjà, par l'imagination, avec celui qu'elle avait trop aimé [1].

Cependant le convoi de Byron avait continué sa route jusqu'à Hucknell, dans le comté de Nottingham, où est le caveau funéraire des Byrons. Les dépouilles mortelles du poète y sont déposées près de celles de sa mère, conformément au désir exprimé dans un de ses premiers poèmes. Un monument sans doute

---

[1] Je tiens ces détails sur lady Caroline Lamb, d'un ami particulier de son mari : ils se retrouvent dans des mémoires où il est beaucoup plus longuement question d'elle ; et dont l'éditeur m'avait demandé quelques notes sur sa mort.

lui sera érigé un jour à Westminster-Abbey, parmi ceux des grands hommes de l'Angleterre; mais a-t-on eu tort de respecter le vœu de sa muse en l'ensevelissant auprès de celle qui lui donna le jour? S'il y a quelque chose de vrai dans le langage des inscriptions tumulaires, (et qui n'aime à se flatter d'une superstitieuse espérance en pensant à ce rendez-vous du tombeau, où nous rejoindrons ceux qui nous furent chers dans la vie!) si le repos est plus doux quelque part, plus doux que dans le plus glorieux mausolée, n'est-ce pas là où le fils est enseveli auprès de la mère qui veilla sur le berceau de son premier sommeil?

A. P.

DERNIERS MOMENTS DE LORD BYRON,

PAR SON VALET DE CHAMBRE FLETCHER.

Mon maître, dit Fletcher, montait à cheval tous les jours lorsque le temps le permettait. Le 9 avril fut un jour fatal : Mylord fut très-mouillé durant sa promenade, et à son retour, quoiqu'il eût changé d'habits complètement, comme il était resté trop long-temps dans ses vêtements humides, il se sentit légèrement indisposé ; et le rhume dont il s'était plaint depuis que nous avions quitté Céphalonie rendit cet accident plus grave. Quoiqu'il eût un peu de fièvre pendant la nuit, il dormit assez bien ; mais, dans la matinée du 10, il se plaignit de douleurs dans les membres, et du mal de tête, ce qui ne l'empêcha pas néanmoins de monter à cheval dans l'après-midi.

A son retour, mon maître' dit que la selle
n'était pas tout-à-fait sèche, et qu'il craignait
que cela ne l'eût rendu plus malade. La fièvre
revint, et je vis avec bien du chagrin, le lendemain matin, que l'indisposition devenait
plus sérieuse. Mylord était très-affaissé, et il
se plaignait de n'avoir point dormi de la nuit;
il n'avait pas d'appétit. Je lui préparai un peu
d'*arrow root*²; il en prit deux ou trois cuillerées seulement, et me dit que c'était fort
bon, mais qu'il ne pouvait en prendre davantage. Ce ne fut que le troisième jour, le 12,
que je commençai à concevoir des alarmes.
Dans tous les rhumes que mon maître avait
eus jusque-là, le sommeil ne l'avait pas abandonné, et il n'avait point eu de fièvre. J'allai
donc chez les deux médecins, le docteur
Bruno et chez M. Millingen, et leur fis plusieurs questions sur la maladie de mon maître;
ils m'assurèrent qu'il n'y avait aucun danger,
que je pouvais être parfaitement tranquille,
que, dans peu de jours, tout irait bien : c'était
le 13. Le jour suivant, je ne pus m'empêcher
de supplier mylord d'envoyer chercher le

---

¹ Le traducteur a cru devoir conserver le récit de Fletcher dans toutes ses formes, et n'a pas voulu supprimer
certains tours, certains mots qui caractérisent cet écrit.

² Plante des Indes orientales.

docteur Thomas, de Zante. Mon maître me
dit de consulter à ce sujet les docteurs : ils
me dirent qu'il n'était pas nécessaire d'appeler aucun autre médecin, parce qu'ils espé-
raient que tout irait bien dans peu de jours.
Je dois faire remarquer ici que mylord répéta
plusieurs fois, dans le cours de la journée,
que les docteurs n'entendaient rien à sa maladie.

« En ce cas, mylord, vous devriez consulter un autre médecin, » lui dis-je. — « ils me
« disent, Fletcher, que ce n'est qu'un rhume
« ordinaire, comme tous ceux que j'ai déjà
« eus. » — « Je suis sûr, mylord, que vous
« n'en avez jamais eu d'aussi sérieux. » — « Je
« le crois, » dit-il.

Je renouvelai mes instances, le 15, pour
que l'on appelât le docteur Thomas ; on m'as-
sura de nouveau que Mylord serait mieux
dans deux ou trois jours. D'après ces assuran-
ces répétées, je ne fis plus aucunes instances
que lorsqu'il fut trop tard.

Les purgatifs violents qu'on lui faisait prendre ne paraissaient pas les plus convenables à
sa maladie, car n'ayant rien dans l'estomac,
ils me paraissaient ne devoir lui procurer que
des douleurs : c'eût été le cas même avec une
personne en bonne santé. Mon maître n'avait
pris depuis huit jours qu'une petite quantité

de bouillon en deux ou trois fois, et deux
cuillerées d'*arrow-root* le 18, la veille de sa
mort. La première fois que l'on parla de le saigner fut le 15. Quand le docteur Bruno le pro-
posa, mon maître s'y opposa d'abord, et demanda à M. Millingen s'il y avait de fortes raisons
pour lui tirer du sang; la réponse fut qu'une saignée pouvait être de quelque avantage, mais
qu'on pouvait la différer jusqu'au lendemain.
En conséquence, mon maître fut saigné au bras
droit le 16 au soir, et on lui tira seize onces de
sang. Je remarquai qu'il était très-enflammé.
Alors le docteur Bruno dit qu'il avait souvent
pressé mon maître de se faire saigner, mais
qu'il n'avait pas voulu y consentir. Survint une
longue dispute sur le temps que l'on avait perdu et sur la nécessité d'envoyer à Zante; sur
quoi l'on me dit, pour la première fois que cela
était inutile, parce que mon maître serait
mieux ou n'existerait plus, avant l'arrivée
du docteur Thomas [1] L'état de mon maître

---

[1] Voici le compte que le docteur Bruno rend de cet incident. Les discours qu'il attribue à son malade feraient
supposer un accès de délire qui indiquerait qu'il aurait
dû être saigné plus tôt. « Vous avez, Mylord, une fièvre
« inflammatoire qui augmente de jour en jour : pourquoi
« ne voulez-vous pas permettre qu'on vous saigne? Cette
« fièvre peut avoir de funestes conséquences, si l'on ne
« vous tire pas du sang. — Voilà comme vous êtes tous,

empirait, mais le docteur Bruno pensait qu'une nouvelle saignée lui sauverait la vie. Je ne perdis pas un moment pour aller dire à mon maître combien il était nécessaire qu'il consentît à être saigné : il me répondit : « Je crains « bien qu'ils n'entendent rien à ma maladie ; » et tendant son bras : « Tenez, dit-il, voilà « mon bras, faites ce que vous voudrez. »

Mylord s'affaiblissait de plus en plus, et, le 17, il fut saigné une fois dans la matinée, et une fois à deux heures de l'après-midi. Chacune de ces deux saignées fut suivie d'un évanouissement, et il serait tombé si je ne l'avais pas retenu dans mes bras. Afin de prévenir un semblable accident, j'avais soin de ne pas le laisser remuer sans mon aide.

Ce jour-là, mon maître me dit deux fois : « Je ne peux pas dormir, et vous savez que « depuis une semaine je n'ai point dormi. Je « sais, ajoutait-il, qu'un homme ne peut res- « ter sans dormir qu'un certain temps, après

« vous autres médecins ; vous voulez vous faire honneur « de la guérison, c'est pourquoi vous me dites que ma ma- « ladie est grave ; mais je ne me laisserai pas saigner. » A toutes les prières de ses amis, qui lui disaient qu'il péri- rait s'il ne voulait pas se laisser saigner, il répondait : « Si « je dois mourir de cette maladie, je mourrai également, « soit qu'on me tire tout mon sang, soit qu'on ne me saigne « pas : c'est pourquoi je ne veux pas être saigné. »

8.

« quoi il devient nécessairement fou, sans
« que l'on puisse le sauver, et j'aimerais
« mieux dix fois me brûler la cervelle que
« d'être fou; je ne crains pas la mort, je suis
« plus capable de la sentir venir que l'on ne
« pense. »

Je ne crois pas que Mylord ait eu l'idée que
sa fin approchait jusqu'au 18; il me dit : « Je
« crains que Tita et vous ne tombiez malades
« en me veillant ainsi nuit et jour, » Je lui répondis que nous ne le quitterions point jusqu'à ce qu'il fût mieux. Comme il avait eu un
peu de délire dans la journée du 16, j'avais
eu soin de retirer les pistolets et le stylet
qui, jusque-là, étaient restés à côté de son lit
la nuit [1].

Le 18, il m'adressa souvent la parole; il
paraissait mécontent du traitement qu'avaient
suivi les médecins. Je lui demandai, alors,
de me permettre d'envoyer chercher le docteur Thomas. « Envoyez-le chercher, mais
« dépêchez-vous. Je suis fâché de ne vous l'a-
« voir pas laissé envoyer chercher plus tôt,
« car je suis sûr qu'ils se sont trompés sur ma
« maladie : écrivez vous-même, car je sais

[1] Le docteur Bruno prétend que ce fut Tita, et non
Fletcher, qui ôta les pistolets et le stylet.
(*Note de l'éditeur.*)

« qu'ils n'aimeraient pas à voir d'autres doc-
« teurs ici. »

Je ne perdis pas un moment à exécuter ses
ordres et à en faire part au docteur Bruno et
à M. Millingen, qui me dirent que j'avais très-
bien fait, parce qu'ils commençaient eux-
mêmes à être très-inquiets. Quand je rentrai
dans la chambre de milord : « Avez-vous en-
« voyé ? » me dit-il. — « Oui, milord. » —
« Vous avez bien fait ; je désire de savoir ce
« que j'ai. » Quoiqu'il ne parût pas se croire
si près de sa fin, je m'aperçus qu'il s'affaiblissait d'heure en heure, et qu'il commençait à avoir des accès de délire. Il me dit à la
fin d'un de ces accès : « Je commence à
« croire que je suis sérieusement malade ; et,
« si je mourais subitement, je désire vous
« donner quelques instructions que j'espère
« que vous aurez soin de faire exécuter. »
Je l'assurai de ma fidélité à exécuter ses volontés, et ajoutai que j'espérais qu'il vivrait
assez long-temps pour les faire exécuter lui-
même. A quoi il répondit : « Non, c'en est
« fait ; — il faut tout vous dire sans perdre
« un moment.—Irai-je, milord, chercher une
« plume, de l'encre et du papier? — Oh !
« mon Dieu non; vous perdriez trop de
« temps, et je n'en ai point à perdre.— Fai-
« tes bien attention, » me dit-il.

« Votre sort sera assuré, Fletcher.—Je
« vous supplie, milord, de songer à des cho-
« ses plus importantes. — Oh ! mon enfant,
« dit-il ; oh ! ma chère fille, ma chère Ada !
« oh ! mon Dieu ! si j'avais pu la voir ! Don-
« nez-lui ma bénédiction ; —donnez-la à ma
« chère sœur Augusta ' et à ses enfants. —
« Vous irez chez lady Byron. Dites-lui, —
« dites - lui tout. — Vous êtes bien dans son
« esprit. »

Milord paraissait profondément affecté en
ce moment. La voix lui manqua; je ne pouvais
attraper que des mots par intervalles ; mais
il parlait entre ses dents, paraissait très-gra-
ve, et élevait souvent la voix pour dire :
« Fletcher, si vous n'exécutez pas les ordres
« que je vous ai donnés, je vous tourmen-
« terai, s'il est possible. » Je lui dis : « Mi-
« lord, je n'ai pas entendu un mot de ce que
« vous avez dit. — Oh ! Dieu ! s'écria-t-il,
« tout est fini ! il est trop tard maintenant.
« —Est-il possible que vous ne m'ayez pas en-
« tendu ? — Non, milord ; mais, je vous en
« supplie, essayez encore une fois de me faire
« connaître vos volontés. — Comment le
« puis-je ? il est trop tard, tout est fini. —
« — Ce n'est pas notre volonté, mais celle de

' Mistriss Leigh.

« Dieu, qui se fait. — Oui, dit-il, ce n'est
« pas la mienne! mais je vais essayer. » En
effet, il fit plusieurs efforts pour parler; mais il
ne pouvait prononcer que deux ou trois mots
de suite, comme : « Ma femme! mon enfant!
« ma sœur! vous savez tout; — dites tout, —
« vous connaissiez mes intentions. »—Le reste
était inintelligible.

Il était à peu près midi; les médecins eu-
rent une consultation, et il fut décidé de
donner à Milord du quinquina dans du vin.
Il y avait huit jours qu'il n'avait rien pris que
ce que j'ai déjà dit, ce qui ne pouvait le soutenir. A l'exception de quelques mots que je
répéterai à ceux auxquels ils étaient adressés, et que je suis prêt à leur communiquer
s'ils le désirent, il fut impossible de rien entendre de ce que dit milord après avoir pris
son quinquina. Il témoigna le désir de dormir. Je lui demandai s'il voulait que j'allasse
chercher M. Parry. — « Oui, allez le cher-
« cher. » M. Parry le pria de se tranquilliser.
Il versa quelques larmes et parut sommeiller.
M. Parry sortit de la chambre avec l'espérance
de le trouver plus calme à son retour. — Hélas! c'était le commencement de la léthargie
qui précéda sa mort. Les derniers mots que je
lui ai entendu prononcer furent ceux-ci, qu'il
prononça dans la soirée du 18 à six heures

environ : « Il faut que je dorme maintenant. »
Il laissa tomber sa tête pour ne la plus relever.
Il ne fit pas un seul mouvement pendant vingt-
quatre heures. Il avait par intervalles des suf-
focations et une espèce de râle. Alors j'ap-
pelai Tita pour m'aider à lui relever la tête,
et il me paraissait qu'il était tout-à-fait en-
gourdi. Le râle revenait toutes les demi-heu-
res, et nous continuâmes à lui soulever la
tête toutes les fois qu'il revenait, jusqu'à six
heures du soir du lendemain 19, que je vis
milord ouvrir les yeux et les refermer sans
aucun symptôme de douleur, sans faire le
moindre mouvement d'aucun de ses membres. « Oh ! mon Dieu ! m'écriai-je, je crains
« que milord ne soit mort. » Les médecins
lui tâtèrent le pouls, et dirent : « Vous avez
« raison ; — il n'est plus. »

ORAISON FUNÈBRE

DE LORD NOEL BYRON,

COMPOSÉE ET PRONONCÉE

PAR M. SPIRIDON TRICOLI.

Missolunghi, 10 avril, mardi de la semaine
de Pâques, 1824.

Événement imprévu ! événement à jamais
déplorable ! Il n'y a pas long-temps que le
peuple de cette contrée malheureuse salua
avec une joie sincère cet homme célèbre, le
reçut dans ses bras, et le pressa contre son
sein. Aujourd'hui, accablée de douleur, plon-
gée dans le désespoir, la Grèce arrose son tombeau de pleurs, et gémit sur ce qui nous

reste encore de son bienfaiteur. Le chant de
ce jour heureux (*le Christ est ressuscité*) expi-
rait sur nos lèvres ; avant de se féliciter du retour de ce jour de rédemption, les Grecs se
demandaient : « Comment est lord Byron? »
Ce peuple, assemblé dans la vaste plaine qui
environne la cité, pour célébrer ce jour saint,
paraissait ne s'être réuni que pour implorer
du Sauveur du monde la grâce de ne pas lui
enlever celui qui était venu partager les dangers de la lutte engagée pour l'affranchissement de la patrie.

Et quel cœur pourrait demeurer insensible,
quelle bouche pourrait rester muette en cette
occasion. Quand la Grèce eut-elle plus besoin
d'assistance qu'au moment où lord Byron, au
péril de sa vie, vint à Missolunghi? Alors, et
pendant tout son séjour parmi nous, sa main
libérale pourvut à nos besoins; besoins que
notre pauvreté rendait irrémédiables. Que de
bienfaits n'attendions-nous pas encore de lui,
et maintenant! hélas, maintenant, nos espérances sont enfermées avec lui dans la tombe!

Étranger à la Grèce, jouissant des plaisirs
et du luxe de l'Europe, il pouvait, sans quitter cette partie du monde, contribuer essentiellement au succès de notre cause : c'eût été
assez pour nous ; la sagesse et l'habileté de
notre gouverneur, le président du sénat,

aurait su employer pour notre salut tous les moyens nécessaires. Mais ce n'était pas assez pour lord Byron. Destiné par la nature à défendre les droits de l'homme opprimé; né dans un pays libre; ayant appris de bonne heure dans les livres de nos ancêtres (qui sont des leçons pour tous ceux qui les lisent), non-seulement ce qu'est l'homme, mais ce qu'il doit être et ce qu'il peut faire, il vit les Grecs esclaves, résolus de briser leurs chaînes, de convertir en glaives vengeurs le fer qui souillait leurs mains, et de ressaisir par la force ce que la force leur avait ravi! Il vit cette noble résolution; et, quittant tous les plaisirs de l'Europe, il vint partager nos travaux et nos dangers, nous aidant non-seulement de sa fortune, qu'il nous prodiguait; non-seulement de sa sagesse, dont nous avons eu tant d'exemples; mais de son épée, qu'il allait tirer contre nos barbares oppresseurs. Il vint avec la détermination de mourir en Grèce et pour la Grèce. Voilà la source de nos larmes la source de nos éternels regrets!

Amis! nous avons perdu notre bienfaiteur, ce véritable philhellène, généreux, noble et plein de courage. Vos larmes coulent, mais ce n'est pas assez pour son honneur, ce n'est pas assez pour la grandeur de l'entreprise dans laquelle il s'était engagé. Celui dont nous dé-

plorons la mort avait donné, comme poète,
son nom à notre siècle : l'étendue de son génie et la richesse de son imagination se trou-
vaient resserrées dans le sentier battu par
les anciens. Il se fraya une route nouvelle,
route que d'anciens préjugés s'étaient effor-
cés et s'efforcent encore de fermer ; mais
aussi long-temps que ses ouvages vivront,
et ils vivront autant que le monde, cette
route restera ouverte ; car elle est aussi sûre
que l'ancienne. Je ne vous entretiendrai pas
de l'enthousiasme que m'ont inspiré ses écrits,
enthousiame que j'éprouve plus que jamais
en ce moment. Les hommes éclairés de l'Europe entière célèbrent, et tous les siècles cé-
lébreront le poète de notre âge ; car il était né
pour toute l'Europe et pour tous les siècles.

Une pensée me vient ; elle me frappe par sa
vérité et son application à l'état présent de
notre pays. Amis ! écoutez-moi avec attention :
que cette pensée devienne la vôtre, et qu'elle
se répande comme la vérité.

Plusieurs nations ont brillé sur la terre ; il
en est peu dont la vraie gloire ait marqué les
grandes époques. Un phénomène manque à
l'histoire de ces nations, phénomène que les
philosophes désespéraient de voir jamais paraître. Presque toutes les nations du monde
sont tombées des mains d'un maître dans

celles d'un autre : les unes ont trouvé des avantages dans ces changements, d'autres n'y ont trouvé que de plus grands malheurs. L'œil de l'Europe ne s'était pas encore arrêté sur une nation qui, esclave de maîtres barbares et subjugant la patrie de la liberté depuis des siècles, secoue le joug de l'esclavage, seule et sans le secours des étrangers. Voilà le phénomène que la Grèce, que la Grèce seule jusqu'à présent a offert au monde. Tous les doutes sont dissipés ; l'histoire prépare ses pinceaux pour éterniser ce phénomène dans les destinées des peuples : l'homme d'état l'observe et en médite les conséquences. Telle est l'époque extraordinaire dans laquelle nous vivons. Amis ! l'insurrection de la Grèce n'est pas une époque de notre nation seule, c'est l'époque de toutes les nations ; c'est un phénomène unique dans l'histoire de l'univers.

L'esprit vaste de lord Byron remarqua ce phénomène, et voulut associer son nom à notre gloire. Il avait vu d'autres révolutions; il n'y avait pris aucune part. La cause de la Grèce était la seule digne de cet homme célèbre dans toute l'Europe. Réfléchissez donc au temps où vous vivez, dans quelle lutte vous êtes engagés : considérez que la gloire des siécles passés ne peut se comparer à la vôtre : les amis de la liberté, les philantropes, les philosophes de toutes les nations, et surtout ceux de la libre Albion, vous félicitent et se réjouissent avec vous; tous vous encouragent, et le poète de notre âge, déjà immortel, émule de votre gloire, est venu sur vos rivages pour laver de son sang mêlé avec le vôtre les taches dont la tyrannie avait souillé notre sol.

Né en Angleterre, descendant, par son père et sa mère de parents illustres, avec quelle joie sincère le cœur philhellène de lord Byron vit notre pauvre cité l'inscrire au nombre de ses citoyens comme un témoignage de notre gratitude! Dans ses derniers moments, au moment où l'éternité s'ouvrait devant lui; lorsqu'il était sur les limites qui séparent la vie périssable de la vie éternelle; quand tout ce monde matériel ne paraissait plus qu'un point dans les œuvres de la toute-puissance divine; dans ce moment solennel, les deux noms qui sortirent de la bouche de cet homme illustre furent celui de cet enfant unique, de sa fille bien-aimée, et celui de la Grèce : ces deux noms, profondément gravés dans son cœur, ne s'effacèrent point de sa mémoire au moment même de la mort. « Ma fille! dit-il; la « Grèce! s'écria-t-il; » et son ame s'envola. Quel est le cœur grec qui ne soupirera pas au souvenir de ce moment!

Son ombre sera sensible à nos douleurs, à nos larmes; c'est une affection sincère qui les fait couler; mais elle sera bien plus sensible à ce que nous ferons pour notre pays, car elle nous observera du haut du ciel, dont ses vertus lui ont déjà ouvert les portes. C'est la seule récompense qu'il attend de sa munificence, de son amour pour nous : ce sera sa consolation des maux qu'il a soufferts pour notre cause; c'est l'héritage qu'il nous laisse. Quand vos efforts nous auront tirés des mains de nos oppresseurs, des mains qui nous ont ravi nos biens, nos frères, nos enfants, alors son esprit sera content, son ombre sera satisfaite! Oui, à cette heure fortunée de notre liberté, le prélat étendra sa main sainte et libre pour bénir sa tombe vénérée; le jeune guerrier, remettant dans le fourreau son épée teinte du sang de nos tyrans, y déposera ses lauriers; l'homme d'état la consacrera par ses discours, et le poète y viendra chercher des inspirations : les vierges de la Grèce, dont notre illustre concitoyen a si souvent célébré la beauté, ne redoutant plus l'approche impure de nos oppresseurs, couronnées de guirlandes, danseront autour de cette tombe, chantant la beauté de notre terre natale, déjà célébrée avec tant de grâce et de vérité par le grand poète du siècle.

Mais quelle sombre pensée vient oppresser mon ame! mon imagination m'a égaré; elle m'a présenté tout ce que mon cœur pouvait désirer; je voyais nos pontifes bénissant cette tombe; j'entendais les hymnes de gloire; je voyais des couronnes de lauriers, et les vierges grecques dansant autour du tombeau de notre bienfaiteur. Hélas! cette tombe ne contiendra pas ses restes précieux; la tombe sera vide; mais son cœur demeurera encore sur notre terre natale, sur la terre qu'il avait choisie pour sa nouvelle patrie : il ne peut rester parmi nous; il doit être transporté dans le pays qui a eu la gloire de lui donner le jour.

O fille chérie de cet illustre père! vos bras le recevront; vos pleurs baigneront le tombeau qui le renferme. Les pleurs des orphelins de la Grèce couleront sur l'urne qui contient son cœur; elles couleront dans toute la Grèce; car toute la terre grecque est son tombeau. Comme votre nom et celui de la Grèce sont les seuls qu'il ait prononcés en mourant, il était juste que la Grèce entrât en partage de ses restes précieux. Missolunghi, sa patrie, veillera sans cesse sur l'urne qui contient ce cœur vénéré comme le symbole de son amour pour nous. Toute la Grèce en deuil, inconsolable, porte cette urne en procession; tous les chefs ecclésiastiques, civils et militaires l'accompa-

gnent; tous les citoyens de Missolunghi sui-
vent, faisant éclater leur gratitude par leurs
larmes sincères ; elle reçoit les pieuses béné-
dictions de l'archevêque, de l'évêque, et de
tout le clergé. Apprends, noble dame, apprends que les chefs grecs ont porté cette urne
jusque dans le sanctuaire où ils l'ont déposée ;
que des milliers de soldats bordaient le chemin
partout où elle a passé, avec leurs mousquets
abaissés vers la terre, comme pour lui rede-
mander le bienfaiteur qu'elle leur cache.

Tous ces soldats, prêts à marcher contre
l'implacable ennemi du Christ et de l'homme,
entouraient le lit funéraire, et juraient de ne jamais oublier les sacrifices que leur père et le
nôtre avait faits pour nous, et de ne jamais
souffrir que le sol où se trouve son cœur soit
foulé par des Barbares. Des milliers de voix
s'élevèrent alors, et le temple de Dieu retentit
de prières pour obtenir de lui que ses restes
vénérés arrivent dans sa terre natale, et pour
que son ame repose où le juste trouve le
repos.

FIN.

TABLE DES MATIÈRES

CONTENUES DANS CE VOLUME.

FIN DE LA TABLE.

www.ingramcontent.com/pod-product-compliance
Lightning Source LLC
Chambersburg PA
CBHW070449030726
47503CB00004B/966